JN116366

言葉を忘れた父の「ありがとう」

前頭側頭型認知症と浅井家の8年

はじめに

私は、昭和54（1979）年6月9日、父と母との間に一人っ子として生まれ、父と母の愛情を一身に受けて育った。父も母も私には干渉せず、私はしたいように育ってきた。ただし、親の掌で。地元の私立中高一貫校を卒業し、親元を離れて京都大学に学んだ。

平成18（2006）年、27歳のときに司法試験に合格し、翌年より弁護士を生業としている。民事事件や刑事事件を取り扱い、成年後見業務も担っている。その中で、多くの方と出会ってきた。中には、アルツハイマー型認知症、統合失調症、アスペルガー症候群、広汎性発達障害など、何らかの認知機能障害や精神障害を抱えている方もいる。

今、日本では高齢社会が進行している。平成30（2018）年の日本人女性の平均寿命は87・32歳、男性は81・25歳。その進行に比例するように認知症の人も急増している。厚生労働省によれば、平成24（２０１２）年時点で65歳以上の高齢者のうち、認知症の人は推計約４６２万人。さらに、認知症ではないが正常ともいえない軽度認知障害（ＭＣＩ）の人は約４００万人とされている。両者を合わせると、65歳以上の４人に１人が認知症または認知症の疑いがあることになる。

自らが認知症にならなくても、親や配偶者の介護に関わる確率も極めて高い。「老老介護」という言葉や「認認介護」という言葉もある。自分だけは絶対に認知症に関わることはないと言い切ることなどできない。認知症は決して他人事ではないのだ。

浅井家でも、平成22（２０１０）年末、68歳だった父が前頭側頭型認知症（ぜんとうそくとうがたにんちしょう）と診断され、以来、76歳で亡くなるまでの約８年間、父と同じ歳の母が介護を担ってきた。

父は49歳のときに心筋梗塞の手術をしており、私は、早くに心臓病で亡くなるものだと想像していた。それが心臓病を克服し、人並みの寿命に近づいたと思ったら、今度は認知症になってしまった。そのような事態になるなど、夢にも思っていなかった。

認知症の進行を遅らせる薬はあるものの、根本的に治すことのできる薬というものは現時点では開発されていない。また、巷間では認知症が予防できるとも言われているが、私はそれに肯くこともできない。認知症は治る、認知症が予防できると言われたりするのは、人々の間に認知症にはなりたくないという考えがあるためだと思う。いずれにしても、認知症になった父をずっと見てきた私は、こう主張したい。認知症になっても、笑顔で幸せに暮らすことができるのだと。認知症と闘ったり排除したりするのではなく、認知症とともに生きる――。

本書は、前頭側頭型認知症と診断された父の経過と、母と私が取り組んだ介護のエピソードについてありのままに記した。

認知症介護を経験された方、今まさに経験している方には共感していただけることがあると思う。また、これから認知症介護を経験することになる方には、自ら介護をする際のヒントになるかもしれない。さらに、将来自分が認知症になったときに家族に介護してもらいたいと思うならば、こうしたほうがいいと考えるきっかけにもなるのではないかと思う。

本書は、介護技術を紹介することが主目的ではなく、人間関係に焦点を当てている。認知症になる前と後とで父と母の関係がどのように変化したのか、あるいは変化していないのか。私と父、母の関係はどうであったか。そこに、医師や介護専門職がどのように関わったのか。認知症介護にまつわる人間関係と子育てにまつわるそれとの間に何らかの共通項はあるのか。そういったことにも注目しながら本書を読んでいただければと思う。

本書を、生きていれば令和元（２０１９）年11月３日に金婚式を迎えることができた亡き父と母に捧げる。

CONTENTS

第3章　変調

第4章　小康

第5章　最期

第1章
疑惑

ストーカー

きっかけは1本の電話だった。平成21（2009）年7月のある日、事務所に出社すると、事務員はおもむろに私に尋ねてきた。

「先生、この電話番号に心当たりはありませんか」

事務所の留守番電話に無言のメッセージが残っていた。

「もう一度、番号読み上げて」

「052―×××―××××」

淡々と番号を読み上げる事務員。それを聞いて、私は唖然とした。心当たりはありませんかって？　心当たりは大いにあった。無言電話の相手は、私の実家だった。

そういえば……。電話番号が私の実家であることがわかると、芋づる式に疑惑が広がっていった。

これよりも前に2、3回ほど、事務所に電話がかかってくることがあった。電話の人物は、私の友人だと名乗った。事務員が私の不在を伝えると、向こうから電話を切った。

そのときも、事務員は私に心当たりがないかを尋ねていた。しかし、発信元の電話番号まで確認しなかったために、その人物が誰なのかを特定することはなかった。高校時代の友人なのか、大学時代の友人なのか、司法修習生時代のそれなのか、皆目検討がつかなかった。

発信元が実家であることがわかると、私の友人を名乗る人物も特定できた。実家には父と母しかいない。母が無言電話などするはずがない。母はいつも決まってメールで「今、電話をしてもいいですか?」と確認してくる。それを見て、私のほうから都合のよい時間に電話をかけるというのが、私と母との連絡の取り方である。電話の主が母でないとなると、残るは父だった。

父は、日頃から私に大いに関心をもっていた。私の自慢話を近所に話したりもしていた。私が気恥ずかしくなるぐらいに。

平成19(2007)年に私が弁護士になってから、週末のたびに父は私に電話をかけてきた。とりとめもないことをひと通り話し終えた後、母に「お前も話せ」と言って電話を替わり、代わり端に電話口の向こうで父の声が聞こえてくるのが常であった。

「おれ、勇希と話ができて、うれしいもぉん」

こうした父からの再三にわたる電話に対し、私がいつもそれに応じることができたわけではない。私が折り返すこともあれば、折り返しを忘れるときもある。あるいは、デート中であれば鬱陶しいので、意図的に電話に出ないこともあった。

父は、私との電話を待てなくなってしまったのか。なぜ、事務所にまで電話するようになったのか。

無言電話の人物が父であることがわかると、私はすぐに実家に電話をかけた。電話に出たのは母だった。

「もしもし、勇希です。お父さんに電話替わってもらえる？」

父はいつもの調子だった。

「もしもし、勇希か〜？　電話かけてきてくれたのか〜？」

「お父さん、事務所に電話した？」

始めは、私も努めて冷静さを装っていた。まずは事務所に電話をかけてきたのが父であるという事実を確認するためだ。

「おう。電話したぞぉ」

「何してくれとんねん！」

間髪入れずに私は怒鳴り声をあげた。他の人が聞けば、何事かと思うぐらいの大きな声で。そして、出身が名古屋なのに、下手な関西弁で。

無言電話の主が父であることが確認できれば、最初から叱責するつもりだった。ところが、私の怒りとは対照的に、父はいたって平然だった。

「だって、事務所に電話したら、お前さん電話してくれるだろう」

予想外の返答に私は肩すかしを食らった。あれ？　確信犯か？　父は私の〝ファン〟ではあるが、ここまでのことをするとは思ってもみなかった。まるでストーカーではないか。私は冷静になり、父の反応からいろいろと推測を巡らした。

この電話のひと月前、平成21（２００９）年６月に私は結婚していた。結婚によって息子を嫁に取られたため、ストーカーに転化したのだろうか……。

「もう一度、お母さんに電話替わってもらえる？」

私は母に、父が私の友人だと言って何度か事務所に電話をかけてきたこと、この週末には父の無言電話が残っていたことなどを説明した。そして、父の様子にどこかおかしなところがないか注意するようにお願いした。

母は、私にこう言った。

「ゆう君、ごめんなさいね。お父さんはあなたのことしか頭にないので、忙しいでしょうが、少しの時間でいいですから1分でも2分でも声を聞かせてやってください。最近は家ばっかりで外に出ることをしないから、人に会うこともなく、ちょっと鬱になりかけているのではと私も心配しています。事務所のみなさまにご迷惑をおかけしたことを詫びてください。なるべく心配をかけないように生活をしていくつもりですが、少しはお父さんの気持ちもくんでください。お願いします」

後に父は「前頭側頭型認知症」と診断されるわけだが、このとき私が父を叱りつけたのは大きな誤りだと思うようになった。なぜなら、父はその病気ゆえに、私が怒っていることの意味を理解できなくなっていたからだ。

父は、私の様子や活躍を知りたくて電話をかけていた。その電話が事務所に迷惑をかけているなどとは思ってもいない。父には、理由もわからずただ怒られたという負の感情だけが刻み込まれることになった。

この頃もう既に、父だけは迫り来る脳の異変に気づいていたのかもしれない。当時、父は癖のように、頭の右側を右手でチョンチョンと叩いていた。父は、頭の外側ではなく、頭の中、つまり脳の萎縮に伴う違和感を気にしていたのではないかと思えてならない。

KY

次に父の異常な行動を目にするのは、平成21（２００９）年12月20日、母方の祖母の通夜のときである。

親族のみの家族葬。部屋の一角に祭壇が組まれ、その正面に焼香台が設置され、焼香台の両側に向かい合うようにして親族席が設けられた。私は、父の対面に座った。

通夜が始まると、参列者は皆、自分の席に座り、静かに読経に耳を傾けた。ところが、父だけが約1時間の通夜の間中、ずっとしゃべりっぱなしだったのである。読経をかき消すほどの大声ではなく、ボソボソッとした小さな声だ。対面にいる私のところまで父の声は聞こえてこない。しかし、父の隣に座っている親族に寄りかかるような姿勢でずっと口を動かしている様子がよく見えた。コントでも見ているかのような、明らかに葬儀には不似合いな光景だった。

父は元来、そのような不謹慎なことをする人間ではなかったはずだ。それより2年前、母方の祖父が亡くなったが、その告別式ではじっとしていた。

葬式という、ある種退屈な空間を我慢することができなかった父。まるで子どものようだ。こうした父の行動の変化がどこから来るのか、このときはまだわからないままでいた。後で知ったことだが、このエピソードも、その場の空気を読み、その場に合わせた対応をすることができなくなるという、前頭側頭型認知症に特徴的な行動であった。

幸い、父の隣に座っていた叔父が、寛容にも父の話を聞くように、「うんうん」とうなずいていてくれたため、また、親族の誰もがそれを叱責することがなかったため、大きなトラブルには至らなかった。私や母も「葬式では静かにしていないとダメでしょう」などと責めたりしなかった。

大事にならなかったとはいえ、それからの私と母は、少し様子のおかしい父の行動を注意深く見守ることにした。

ボケた

父の様子について、「鬱っぽい」ではなく、「ボケた」という言葉を母が初めて使ったのは、平成22（2010）年に入ってからのことである。

鬱っぽいと母が感じた根拠は、それまで趣味にしていたクラシック音楽鑑賞、読書、テレビでの巨人戦やマラソン中継に、父があまり関心を示さなくなったことだった。

これとても、前頭側頭型認知症の特徴の一つである「無関心」の表れとみることができるかもしれない。ただし、その後の父の様子からすると、必ずしも前頭側頭型認知症の人が物事にまったく関心を示さなくなるというものではないように思う。後述するが、父への関わり方次第では、診断後でもクラシック音楽鑑賞などには十分関心を示したはずだ。

関心の低下という事態は、一過性のものだったのかもしれないが、やがて父は、髭を伸ばし放題にし、風呂にも入らず、歯も磨かなくなった。身だしなみを整えないのは、母が嫌いなことだった。このような父の様子を、母は「ボケた」と表現するようになったのだ。このエピソードは、前頭側頭型認知症に特徴的な「無頓着」の表れだと思われる。

「ボケた」ということになると、電話や葬儀でのちょっとした違和感にとどまらない。今後の生活設計に関わってくる大きな問題である。

同居して毎日の様子を見ているわけでもなく、まして医者でもない私が、「ボケた」かどうかの判断をすることはできない。そこで私は、主治医と相談してみることを母にアドバイスした。

父の古稀祝い。カメラ目線ができない。左が母、右が著者

父は、平成3（1991）年に心筋梗塞の手術をして以来、総合病院で定期検査を受けていた。診療科は違うものの、そこに勤務する主治医に相談してみようということになった。しかし、当初、主治医は父のおかしな言動に気づくことはなかった。その後、ようやく主治医が父の異変を認識するようになったのは、平成22（2010）年の秋頃である。

病院といえば、待ち時間がやたらと長い。かつての父は、そうした待ち時間を我慢することができていたが、それができなくなった。呼ばれてもいないのに勝手に診察室にぬぅっと入っていく。しかも、他の人が診察を受けている最中に。医師も患者も驚いたことだろう。まだ順序がきていないことを諭しても、父は理解することができなかった。

このような父の行動の奇怪さに対し、主治医からは精神科による受診を勧められ、詳しく検査をしようということになった。

父の生い立ち

父は、昭和17（1942）年5月26日に浅井家の第三子として生まれた。そして、5歳のときに実父の妹夫婦のところに養子に出された。子どもの頃から体はあまり強いほうではなかった。

昭和44（1969）年11月3日、父と母は見合い結婚をした。海運会社で主に経理業務に携わっていた父のスーツ姿に、母は好感をもったという。父は、夏場でもYシャツのボタンをはめ、ネクタイも必ず締めた。汗疹（あせも）に悩まされていた父が、いつもベビーパウダーをつけていたのを、幼かった私は覚えている。

若い頃の父は、酒とタバコをよくのんだ。私が健康を気遣ってタバコをやめるように言っても、聞き入れることはなかった。また大食で、どちらかといえば太り気味だった。

そのような不摂生がたたり、平成3（1991）年10月、49歳のときに心筋梗塞の手術を受けることとなった。あの日、私の中学受験の説明会に付き添っていたところ、突然、「胸が苦しい」と言って道端にうずくまった。病院へ直行すればよいものを、父は生真面目にも職場に伝えに行ってから病院へと向かった。

幸いにも手術は成功したが、術後、手の自由がききにくくなった。父は、字がうまく書けるようになるためにペン習字を始めた。それでも手が思うようにならず、時折、苛立っていた。

手術以降は酒とタバコをいっさいやめ、塩分を控え、脂質・糖質の少ない健康食主体の生活をするようになった。また、往復1時間かかる熱田神宮への早朝散歩を日課とした。服薬や病院の定期検査も欠かすことはなかった。

父は、定年後も嘱託社員として働き続けた。

平成16(2004)年12月、62歳の父は、二度目の心筋梗塞の手術を受けることになった。手術は難航し、術後もなかなか意識が回復せず、ICUで10日間を過ごした。これを契機に父は、自分の体に自信がもてないようになってしまった。京都の大学に通う私の下宿に泊まりにきては京都観光をしていた父だったが、それ以降はしなくなった。また、口癖のように「薬を飲むような体で、役に立てず申し訳ない」と言うようにもなった。

心筋梗塞の手術を繰り返してきた父を、私はいずれ心臓の疾患で亡くなるものだと想像していた。それが、まさか父が認知症になるなど、このときは思ってもみなかった。

第2章
認知症

診断

父が、母の付き添いのもと、認知症の検査を受けたのは、平成22（2010）年末から翌年初頭にかけてのことである。

一般に、認知症の本人は認知症であるがゆえに病気の自覚が薄い。そのため、「認知症の検査を受けよう」とか、「もの忘れ外来に行ってみよう」などと誘ってみても、自分には必要ないと言って検査を受けたがらない。そもそも病院嫌いだと、受診自体ハードルが高い。この関門をクリアするために、多くの場合、家族は何らかの嘘をついて病院に連れて行くという。

父の場合、病院へ行くことに抵抗はほとんどなかった。心臓の定期検査が習慣になっていたからだ。ただし、認知症の検査については、「今日は病院のサービスで、心臓以外にも体の調子に悪いところがないかを見てくれるんだって」と嘘をつかざるをえなかった。結果、父は、心臓の定期検査のついでに、脳のＭＲＩをとってもらうことになった。

私は、母から電話で検査結果を聞いた。

「お父さんの脳は前頭葉と側頭葉が萎縮していて、〝ピッグ病〟だと先生に言われました」

ピッグ病？　ピッグ＝豚？　豚病？　私は、母にツッコミを入れた。

「さすがに〝ピッグ病〟はないでしょう」

よくよく調べてみると、母の言う「ピッグ病」は、「ピック病」（Pick's disease）の間違いであった。かつてピック病と名付けられたそれは、現在、「前頭側頭型認知症」と呼ばれている。父は、この前頭側頭型認知症と診断されたのだった。

認知症とは、脳の器質的障害によって知的機能が低下し、それに伴って日常生活や社会生活、円滑な人間関係などが営めなくなった状態を指す。その原因となる疾患の種類は70以上にも及ぶという。その筆頭がアルツハイマー型認知症だが、前頭側頭型認知症もその一つである。

アルツハイマー型認知症では、脳の中で記憶を司る海馬という部分が萎縮するために記憶障害などの症状が現れる。これに対して、前頭側頭型認知症では前頭葉や側頭葉が萎縮する。それに伴い、状況に合わない行動、無関心、繰り返し行動、言語障害などが生じる。初期においては、記憶や見当識能力が保たれていることも少なくない。

翌年1月、あらためて父に対して問診がなされた。私も、名古屋へ赴き、これに立ち会うことになった。具体的に行われたのは、「長谷川式認知症スケール」といわれる質問式の心理テストである。

医師が父に尋ね、父がボソボソと答える。

「お歳はいくつですか？」

「今日は寒いねぇ」

「今日は何年何月何日ですか？」

「息子が京都におりまして……」

会話がまったく成立していない……。そこには、とても珍妙な空気が流れていた。

また、あえて訂正したりしなかったが、父の回答は誤りである。私は京都にはいない。住所は滋賀県である。私は大学時代を京都で過ごし、その頃、父はよく私の下宿に泊まりに来ていた。他方、滋賀県に転居してからは、父がやって来ることはほとんどな

初期〜中期の前頭側頭型認知症にみられる主な症状

1 病識の欠如

2 状況に合わない行動、抑制のきかない行動

3 意欲減退、無関心

4 こだわり、繰り返し行動（時刻表的行動）

5 感情の希薄化

6 注意散漫、集中困難

7 周囲の刺激に影響される

8 食行動（嗜好など）の変化

9 言語障害（オウム返し・失語など）

［出典］宮永和夫、2008

くなった。父にとって私との思い出は京都にあり、父の時計の針はそこで止まっていたのかもしれない。

この後、医師による質問は続いた。「これから言う3つの言葉を言ってみてください。『桜』『猫』『電車』。後でまた聞きますのでよく覚えておいてください」「100から7を順番に引いてください。100引く7は？」「知っている野菜の名前をできるだけ多く言ってください」等々。これらに父が答えることはなく、口を閉ざしてしまった。

これで何がわかるのだろうか？　検査終了後、私は思わず医師に「答えるのを拒否するような態度をとっていても診断はできるのでしょうか」と尋ねた。

医師の返答はこうだった。

「答えがわからないので、わざと質問と違う話をしたり、質問に答えないということもありえます。ただ、お父様の場合、画像診断の結果から前頭側頭型認知症でほぼ間違いないと思います」

結局、MRI画像が決め手となり、父は前頭側頭型認知症と確定診断された。そして、

「抑肝散（よくかんさん）」とよばれる漢方薬を処方されることになった。このとき、父は68歳だった。

私は、これからどのように介護していけばよいのかを朧気ながら考えた。実家から離れた滋賀県に住んでいる私は、父の様子を毎日見ることができない。それからは、父が気になって仕方がなくなった。ストーカー疑惑の頃は、父からの電話があれほど鬱陶しかったというのに……。仕事も手につかなかった。父のことを考えると自然と涙がこみ上げてくることもあった。

一方、母は、父に振り回される現実に戸惑っていたようである。当時の母の日記には、このような思いが綴られていた。

《仏壇にお参りすると初めて号泣しました。なんでこんなになってしまったのか？》

《本当にどうしたらよいか？　病気なのか、正気なのか？》

《本当に私たちがあそばれているみたい。本当にいやになる。》

殺すぞ

父が前頭側頭型認知症と診断された直後の平成23（2011）年2月。父の実母の通夜・告別式のことだった。

私は仕事を終え、滋賀県から愛知県一宮市へと移動した。仕事が長引き、大幅な遅刻が目に見えていた。予想どおり、葬儀場に到着したときには通夜の儀はすべて済んだ後だった。三々五々の参列者たちの中で、父は会場前の廊下から階段を降りようとしていた。

「焼香だけでもあげさせてもらうわ」

私は、母にそう告げた。母はそれを聞いて、父を祭壇まで連れ戻そうとした。けれども、父は頑として聞き入れようとしなかった。聞き入れないというよりも、意味がわからなかった、あるいは臨機応変な対応ができなかったのだろう。

今、振り返ると、父と母を先に帰し、遅参した私は焼香を終えた後に一人で帰ればよかったと思う。私や母のほうこそ、臨機応変でなかったといえる。

いずれにしても、このときにとった私たちの行動は、意に反して父を連れ戻そうとするものだった。母が父の腕を引っ張ろうとしたそのとき。「離せ、殺すぞ」父は、目をつり上げて言い放った。母は恐怖を感じたという。

私は、これ以上父が苛立ちを募らせ、さらに大きなトラブルになるのはよくないと思った。結局、父を連れ戻すことなく、私も何もしないまま葬儀場をあとにした。

認知症の人に対して、手首をつかんだりする行為は、強制や静止といったネガティブなメッセージを与えるため、やってはいけない行為だそうだ。父にとっては、まさに行きたくもないところに無理やり連れて行かれる行為でしかなかったのだ。

万引き

平成23(2011)年6月17日。ついに恐れていた日がやってきた。

私は仕事のために警察署に来ていた。刑事事件の被疑者と接見をするときには、警察に携帯電話を預けて接見室に持ち込めないようになっている。

被疑者との接見を終え、警察から携帯電話の返却を受けると、1件の着信履歴が残っていた。発信元の電話番号は「052―661―0110」あっ！　私はこの番号でピンときた。「052」は名古屋の市外局番、下4ケタの「0110」は警察署の電話番号によくある数字だ。

前頭側頭型認知症では、万引きなどの反社会的行動をすることもあるということを知っていた。ついに父が警察の世話になるようなことをやってしまったのか……。

私は腹をくくった。急ぎ、私は発信元に折り返し電話をかけた。

「こちら港警察署です」

「もしもし、私、浅井勇希と言います。先ほど、そちらから電話をいただいていたみたいで、折り返し電話をしたのですが……」

「あぁ、あなたのお父さんがスーパーで98円の団子を万引きしましてね。お父さんの財布を調べるとお金は入っているのですが、それ以外にメモ用紙が入っていましてね。そこにあなたのお母様とあなたの電話番号が書いてあったものですから、それで電話をしたのですよ」

「それはたいへんご迷惑をおかけして申し訳ありませんでした。ただ、父は前頭側頭型認知症と診断されていまして、その病気になると、訳がわからないまま万引きなどをするようなんです」

「えぇ。先ほどお母様にも電話しておりまして、そのことはお聞きしております。それでお母様に身元引請してもらい、先ほどお父様には家に帰っていただくことにしました」

「たいへん申し訳ありませんでした」

おそらく前頭側頭型認知症の人というのは、店にいる「そのとき」必要だと思ったものを手に取ってしまうのではないかと推測できる。さらに、お金を持っているにもかかわらず、手に取った商品をレジで精算するという社会的な手続的合意の意味をもはや理解できなくなっている。そこで、そのまま退店してしまうのだ。

時折、前頭側頭型認知症の人が万引きで警察に逮捕されたという報道を目にする。経済的に窮乏しているわけでもないのにある日突然、万引きをして逮捕されれば、家族は狼狽することだろう。逮捕され、受診して、初めて前頭側頭型認知症であったことが判明するというケースもある。

私の父の場合には、財布に私たちの緊急連絡先を忍ばせるという対応をしていたことで、逮捕だけは免れた。診断を受けていてよかったと、身にしみて感じた瞬間だった。ただ、頭では理解しているつもりでも、それまで全うに生きてきた父が警察の世話になったというショックは計り知れないものだった。

この日の母の日記には次のように記されている。

《午後、自転車に乗って出かけて行くが、とうとう恐れていたことが起こる。1時間、2時間、3時間たっても帰ってこない。主人が万引きをしたとPM4時30分頃、港区の警察署に連れて行かれ、電話が入る。警察署でだいぶ暴れたらしく、ひざに青アザをつくって3人のおまわりさんがつれて来てくださり、本人はケロッとしている。言い聞かせてもダメ。明日、明後日どうしたらよいか？　頭がハッキリしないと言う。》

私は、その週末に実家に帰って父の様子を見ることにした。

「お父さん、どうしたの？」

「警察って、ひどいんだぞ。俺はお金も持っていて万引きなんてしていないのに、警察署に連れて行って、俺の膝を蹴ってくるんだ。アザができたよ」

父は、そう言いながらズボンをまくり上げて、自分の膝を私に見せてきた。

「あぁ、そう」

私には、それ以外にかける言葉が思い当たらなかった。

前頭側頭型認知症だと知る前であれば、この父の言い分に対して私は説教していただろう。しかし、ストーカー事件のときとは異なり、今や、父に対して理詰めで説明しても理解してもらえないことはわかっていた。そうかと言って、父のしたい放題、好き放題に行動させるわけにもいかなくなった。

私と母はできるだけ父の外出に付き添い、いわば「監視」することにした。また、玄関に鈴をつけ、父の外出を察知できるようにした。

母は、散歩に付き添ったときに、父が万引きする瞬間を一度だけ目撃したと言う。そのときの様子を日記にこう記している。

《私がついて行くと西へ向かう。ついて行くのがやっとだが、私のほうが早くスーパーへ。そこにはドラッグストアがあり、薬を一生懸命見ているが、薬を手に。そして左のポケットに入れたので、私がお金を払わなければと言うと、いらないと出て行く。スーパーの中で品定めをして、いらないと帰る。私が本当についていてよかった。本人はケロッとしている。病気とはいえ、どうしたらよいか?》

私は前頭側頭型認知症の人が万引きするときの心理状況は子どもと同じなのではないかと思うことがある。「家におもちゃがあるから、帰って遊ぼう」などと言っても、子どもを制止することはできない。子どもは「今、ここ」で、このおもちゃで遊びたいという欲求がわき起こるのだ。私の父も同様だ。

父は、よく眠ることができないために、睡眠薬を欲していた。ドラッグストアにいる「今」、睡眠薬のことが気になって仕方がなかったのだ。

通常、前頭側頭型認知症の人の行動経路はいつも同じで、出入りする店は限られているといわれている。したがって、あらかじめ行きそうな店に連絡し、先にお金を支払っておくか、後払いすることを伝えておくという対応方法もあるという。

徘徊

万引きの対応について母と話し合うために私が実家に帰った日。ちょうど警察官もやって来た。そのときに知らされたのが「徘徊」の事実である。

父は心筋梗塞の手術をして以来、健康のために散歩することを日課としていた。散歩コースは自宅と熱田神宮の往復1時間。父は、アルツハイマー型認知症のような記憶障害や空間認知障害がなく、迷子になることはほとんどなかった。そのため、万引き事件以前は、父を一人で自由に散歩させていた。道中、父がどこでどのようなことをしていたのかは私も母も知らない。

警察官によれば、途中の民家に立ち寄ろうとしていたと言う。そこは父のサラリーマン時代の同僚の自宅だった。父の頭の中では、思い出話にでも花を咲かせようとしていたのかもしれない。

ところが、その同僚は既に引っ越していた。それを露ほども知らず、また、家の表札を確認することもせず、父はインターホンを鳴らし、玄関をドンドンと叩いた。新しい住人が「どちらさまですか？　ご用件は？」と尋ねてみたところで、会話は通じない。これに怖さを感じた住人が、この後、警察に相談してきたというのである。

徘徊の事実を警察から知らされ、私は父の散歩に付き添うことにしてみた。すると、こちらが肝を冷やす場面がよくあった。

横断歩道・信号のない、自動車の往来が激しい道路で、父は、走る自動車と自動車の間のちょっとした切れ目をすり抜けるようにして横断するのだ。走っている自動車のスピード、車間距離を考えると、普通なら躊躇するのに。

父は運転免許を持っておらず、実家に自動車はない。自ら運転して、事故を起こす心配だけはなかったことに、胸をなでおろした瞬間でもあった。

介護方針

これまで実際の介護を担ってきたのは母だが、その方針に関与してきたのは私である。万引き事件、徘徊事件をきっかけに、私たちの父に対する対応は再検討を迫られることとなった。

父が認知症になろうがなるまいが、私の父に対する愛情は変わらない。また、私は別居していたからこそ、一歩引いた目で父をとらえることができる。そこで私は、弁護士として経験したことをその参考とした。ベストかどうかはわからないが、ベターな介護を目指したい。それは、父と母がお互いに反発し合うものではなく、私も含めて適度な距離感を保った介護といえる。

前頭側頭型認知症の特徴の一つに、「常同性」とよばれる、基本的な行動パターンを反復するという行動がある。たとえば、常に時計の針を気にして、決まった時間にいつも同じ行動をとるというものだ。父の場合、午後3時になるとベランダに干してある洗濯物を取り込んだ。そうした繰り返し行動に安心を覚え、そこから外れると不安が伴うように見えた。

そこで、父にストレスがかからないように、行動を制約しないことにした。この行動を制約しないという方針は、父の過去の生活歴にも基づいている。父は平成3

（１９９１）年に心筋梗塞の手術をして以来、健康食や散歩を心がけるとともに、好きだった酒やタバコをやめて禁欲的な生活を送るようになった。父は自分の体に自信がなくなり、行動範囲すら自制するようになってしまった。

父の実母の初盆に出かけようとしたときのこと。途中で父が「帰る」と言い出した。父がそのように言う以上は、意に反して無理やり連れて行くことはせず、自宅に引き返した。

ただし、父のしたいようにさせるという基本方針は、あくまでも他人に迷惑をかけない限りでの話だ。万引き事件や徘徊事件のように、他人に迷惑をかけることになっては、それを放任するわけにもいかない。

それとは別に、私と母は、あらためて大事なことを話し合わなければならなくなった。具体的には、父母の住まいをどこにするかということと、私がどのように関与していくのかということだった。

選択肢は、①父母を私が住む滋賀県へ呼び寄せる、②私が父母の住む実家（愛知県）に戻る、③これまでどおり父母は愛知県で過ごし、私は滋賀県から後方援護をする、の3つだった。

まず、①を消去した。父は40年近く今の家に住み慣れている。住み慣れた場所から引き離すことは、父をいたずらに混乱させることになるのではないか。仮に、父を呼び寄せるとなると、母も一緒の必要がある。しかしそれは、母からも住み慣れた環境を奪うということを意味する。母は社交的で地域コミュニティーの中に友人がたくさんいる。友人との付き合いは主介護者である母のストレス解消手段でもある。その友人から母を引き離すことはできない。

また、②私が実家に戻るという選択肢は、それまでに培ってきた仕事上の付き合いを切り捨て、新たな地で一から作り直さなければならなくなる。それは避けたい。結局、この案は、父のために私が犠牲になるべきではないという母の言葉で断念した。
③に関しては、母が私に聞いてきた。「この家でお父さんと一緒に住んでもいいですか?」介護はたいへんなはずだ。それでも、母が父の在宅介護を希望するのであれば、私がそれを拒むことはできない。
そうはいうものの、母には常に逡巡がつきまとった。母の日記には次のように記さ

れていた。

《私と二人で過ごすことは、主人にとってどっちがよいか悩む。》

母は、昭和17（1942）年11月16日に三人姉弟の長女として生まれた。父とは26歳のときに結婚した。父の養母が厳しい性格なので、嫁ぐのはやめておいたほうがよいと周囲から助言されたが、母は父のスーツ姿に惹かれた。実際に結婚してみると、周囲が言うように養母のあたりはきつかった。父、母、父の養母の3人が同居する生活の中で、養母が力関係において一番上だっただろう。養母が亡くならなければ、父とは離婚したいところだったと母は言う。

その養母は、昭和49（1974）年に亡くなった。そのため力関係に変化が生じ、母が父の上位に立つようになった。母は36歳で私を産んだ。一人っ子の私は、両親から可愛がられて育てられた。母は、父に小言などを言うものの、面倒見のよい性格であった。これが母の愛情表現の仕方だったのかもしれない。このような性格が認知症になった父に対する母の介護姿勢につながっていったように思う。

結局、母は認知症になった夫の介護をするという運命を引き受けたのだ。居住場所については、両親も私も今までどおりとなった。
介護者の間ではよく知られている「公益社団法人認知症の人と家族の会」などの相談場所に、母は行こうとしなかった。それよりも、自らの友人のほうが気安く相談できると言うのだ。母の日記にも、友人とのことが次のように記されている。
《友達に話を聞いてもらい、友達が（万引きの）被害店舗に行って話をしてくださり、本当に友達はありがたい。涙が止まらない。みなさんが助けてくださり、本当にありがたい。》
《Kさん、Hさん、みなさんが私の愚痴を聞いてくれたり、おかずを持ってきてくださる。みなさんが助けてくださり、本当にありがたい。》
家族葬として執り行われた父の葬儀には、母の親友が参列した。母と友人の信頼関係の濃密さが感じられた。

介護保険

万引き事件後の大きな変化は、家族だけで父の介護を引き受けるのではなく、介護保険制度を利用して、ケアマネージャー、ホームヘルパーという専門職を介護体制に組み込んだことだ。

母はケアマネージャーやホームヘルパーのことを大いに信頼していた。母の日記にもこう書かれている。

《ヘルパーさんの介護日誌を読んで、熱心に世話をしてくださるので、涙が止まらない。》

ケアマネージャーも父が精神病院に入院した後に、偶然近くを通りがかったと言って、家に寄ってくれた。父のことを気にかけてくれていたのだ。

要介護認定は、介護サービスを利用したい人が自治体に申請をし、訪問調査員の調査を受けることから始まる。そして、主治医の意見書を参考に要介護度が認定される。その要介護度に応じてサービスの利用額は決まる。原則利用料の1割を負担するこ

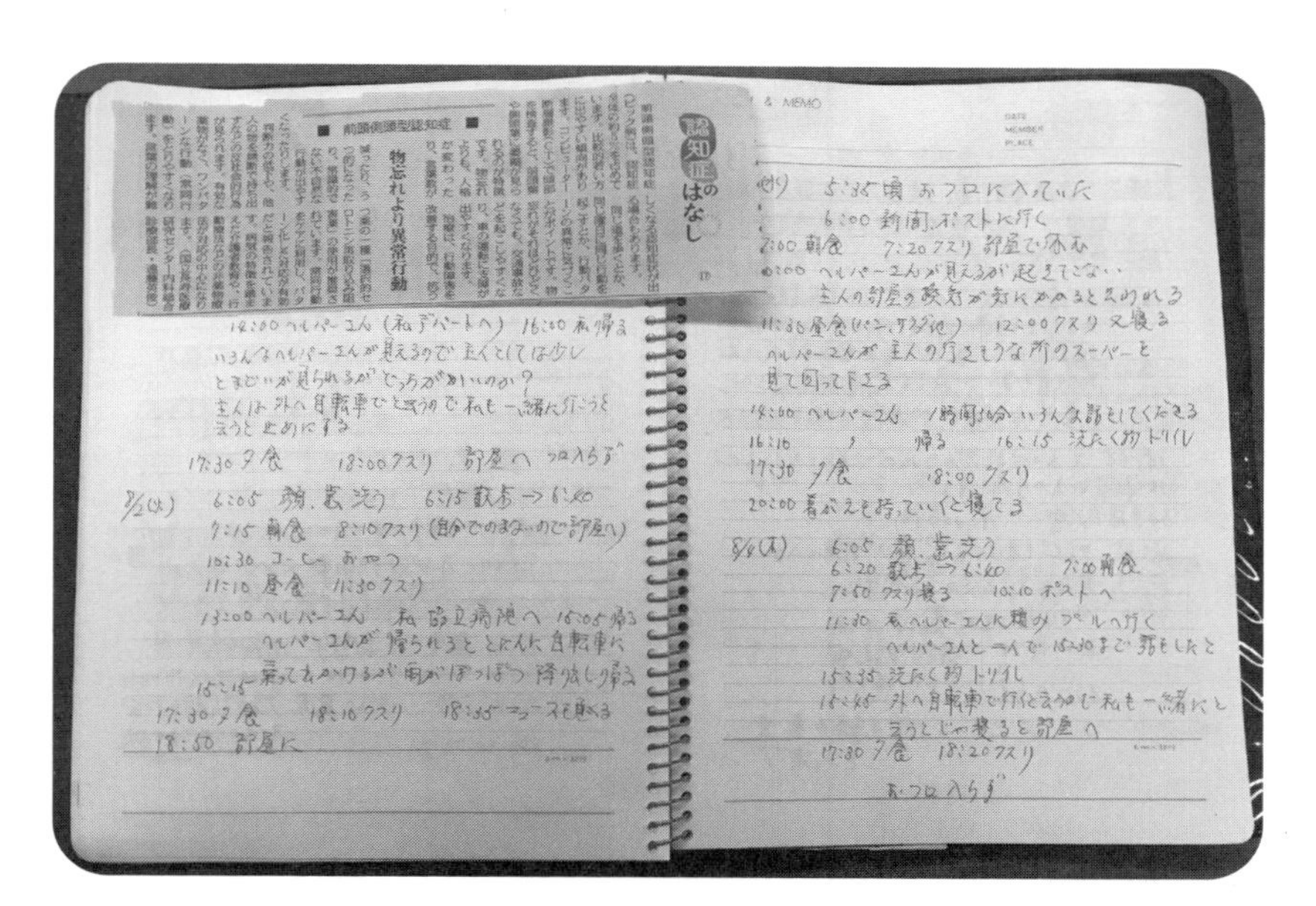
認知症のはなし

前頭側頭型認知症

物忘れより異常行動

14:00 ヘルパーさん（私デパートへ） 16:00 私帰る
いろんなヘルパーさんが見えるので主人としては少し
とまどいが見られるがどっちがよいのか？
主人は外へ自転車でと言うので私も一緒に行こうと
言うとやめにする
17:30 夕食 18:00 クスリ 部屋へ フロ入らず
8/2(火) 6:05 顔、歯洗う 6:15 散歩→6:40
7:15 朝食 8:10 クスリ（自分でのまないので部屋へ）
10:30 コーヒー おやつ
11:10 昼食 11:30 クスリ
13:00 ヘルパーさん 私 国立病院へ 15:05 帰る
ヘルパーさんが帰られるとたんに自転車に
乗って出かけるが雨がぽつぽつ降り出し帰る
15:15
17:30 夕食 18:10 クスリ 18:35 ニュースを見る
18:50 部屋に

& MEMO
DATE
MEMBER
PLACE

5:35頃 おフロに入っていた
6:00 新聞、ポストに行く
7:00 朝食 7:20 クスリ 部屋で休む
9:00 ヘルパーさんが見えるが起きてこない
主人の部屋の換気が気にかかると思われる
11:35 昼食（パン、サラダ他） 12:00 クスリ 又寝る
ヘルパーさんが主人の行きそうな所のスーパーを
見て回って下さる
14:00 ヘルパーさん 1時間30分 いろんな話をしてくださる
16:10 〃 帰る 16:15 洗たく物 トイレ
17:30 夕食 18:00 クスリ
20:00 着がえを持っていくと寝てる
8/4(木) 6:05 顔、歯洗う
6:20 散歩→6:40 7:00 朝食
7:50 クスリ 寝る 10:10 ポストへ
11:30 私ヘルパーさんに頼み プールへ行く
ヘルパーさんと二人で 15:30まで 話をしたと
15:35 洗たく物 トイレ
15:45 外へ自転車で行くと言うので私も一緒にと
言うとじゃ寝ると部屋へ
17:30 夕食 18:20 クスリ
おフロ入らず

母の介護日記

とで、通所介護（デイサービス）、訪問介護（ホームヘルパー）、手すり設置などの自宅改造といったさまざまなサービスを受けることができる。限度額を超えるサービスについては、自己負担すれば利用が可能である。

私と母は、区役所に要介護認定の相談をし、訪問調査員には、万引きや徘徊など、父の行動で困惑していることを話した。父の介護のたいへんさを少しでも理解してもらおうと必死だった。

母が平成23（2011）年6月からつけるようになった日記の記述も、医師や訪問調査員に見せた。この後、この日記は、父が平成30（2018）年12月に亡くなるまでの7年半の間、全部で7冊にもなった。

その後、父は要介護3の認定を受け（さらに認知症が進行する過程で要介護4に、最終的には寝たきりになり要介護5に変更）、ケアマネージャーと相談しながらケアプランを組み立てた。介護負担を減らすために限度額を超えるサービスを利用することもあったが、自己負担の平均額は月5万円程度だった。

こうして、認知症になった父に関わる当事者は、母、私、父の姉兄妹、母の弟、ケアマネージャー、ホームヘルパーになった。

母は、いかに父の介護がたいへんであるかを周囲にアピールし、理解してもらいたいと思った。しかし、父は母に対してわがまま放題なのに、他の人に対しては急に猫を被ったようにおとなしくなる。父がそのように態度を変えることが、さらに母を苛立たせた。母の日記によれば、こうである。

《ヘルパーさん、兄、妹さん、息子がいるときはおとなしい。私がいると途端にわがままに。腹が立つ。》

認知症になっても人によって態度を変えるのだ。人を見る能力があるといえるのかもしれない。これは、今、自分の娘を見ていてわかる。家で私たちに見せている顔と保育園で先生に見せている顔とは違う。子どもであっても、周りの人間の顔を見て、わがままを言える人、言えない人、言ってはいけない場面を選り分けているのだ。

やがて父は、母と女性ホームヘルパーを混同し、彼女を自分の妻だと勘違いして、わがままな部分を解放するようになった。これは、認知症に伴い、容貌を見分ける能力が衰えていったからかもしれない。結果として、ホームヘルパーはわがままな父を介護するたいへんさを理解し、母の味方になってくれるようになった。

成年後見

要介護認定のために病院で診断を受けた際、私たちは医師から成年後見申立を勧められた。

成年後見制度というのは、本人の残存能力を活用して地域社会で自立した生活を送ることができるようにしつつ、正常な意思決定をすることができなくなった人の財産や身上面を保護するための法制度である。家庭裁判所が関与することになる。

必要がないにもかかわらず高額商品を売りつけられたり、自宅不動産を売却させられたりしたようなときに、成年被後見人（本人）の行為を取り消すことができる。また、自宅療養が困難な場合には、成年後見人が施設と入所契約をすることもある。

親族が成年後見人になることもあれば、弁護士などの法律専門家がなることもある。

弁護士などが成年後見人になる場合には報酬が発生し、その費用は本人の資産状況などにもよるが、概ね月額２万円程度である。

近年、最高裁判所は想定していたよりも成年後見申立が少ないとして、成年後見報酬が発生しない親族後見を推奨している。

必要もないのに成年後見制度を利用することはない。成年後見制度を利用する場合、毎年、財産管理状況などについて家庭裁判所に報告をしなければならない。つまり、成年後見制度を利用するということは、認知症介護について国の監督を受けるということでもある。他方で、監督をするからといって、何かあった場合に国や裁判所が責任を取ってくれるわけではない。

父の場合は、この成年後見制度を利用する必要がなかった。なぜなら、介護費用の支出さえできれば、他に懸念される法的問題はなかったからである。

父の預金通帳の管理は、認知症になる前も後も母が行っていた。その口座に給料が振り込まれ、退職後は年金が振り込まれた。母は、ＡＴＭでキャッシュカードを挿入し、暗証番号を押すことで、預貯金を引き出した。それで介護費用の支払いをすることができた。父が認知症になっても、父の預金の管理方法にまったく変更はなかった。

試行錯誤

父はデイサービスに行くのを嫌がった。連れて行くものの、「帰る」と言って施設を抜け出してしまう。嫌なところに連れ出されたという警戒感をもってしまったからか、その後は、家から一歩も外に出たがらないようになってしまった。

間もなく、ホームヘルパーの訪問介護を利用することになるが、それは試行錯誤の毎日となった。

認知症の人で昼夜逆転現象が起きるというのはよくあることだ。それを放置すると、介護家族との生活リズムがちぐはぐになる。夜眠ることができるように、日中にできる限り活動してもらいたい。

父は昼間、自分の部屋で寝て、夜にゴソゴソと起き出しては冷蔵庫を物色した。そして、「ご飯食べさせろ」と言いながら、母の寝室の襖をドンドンと叩いた。母は睡眠薬を服用するようになった。

母の日記には、このように書かれている。

《くどいくらい戸を叩く。どうしたらおとなしくしてくれるのか？　本当に嫌になる。諦めればいいのか？　毎日こうだったらと思うと。私を困らせないでと頼むが、わかっているだろうか？》

《本当に頭にくる。ちっとも落ち着かない。》

他方で、こんなふうに記されていることもあった。

《今晩は久しぶりに本当に静かでした。》

《毎日のリズムができてきたので、主人に合わせて生活すると、わりに私も楽に介護がやりやすいようになってきた。》

《今晩も静か。助かります。》

《本当に久しぶりに静かに過ごせた。》

生活リズムを整えることがいかに大切であるかがよくわかる。

ケアプランでは、日中、ホームヘルパーが父の相手をし、父が夜よく眠れるような習慣をつけるということになった。

ある1日の生活はこうである。

19時過ぎに就寝するものの、深夜2時過ぎに母がトイレに起きてみると、父の部屋の電気が点いている。深夜3時頃に母を呼ぶ声が聞こえ、母がとりあえずバナナを2本食べさせる。

翌朝7時に父が起床し、朝食を済ませ、薬を服用した後は、見るともなしにパソコンの画面を眺めている。10時にホームヘルパーが訪れ、一緒に数十分程度の散歩に出かける。散歩から帰ってくると、穏やかに話をしながら昼食（ご飯、おでん、りんご、みかんなど）を食べる。正午になり、ヘルパーが帰り、母が父の様子を見ることになる。父は自室に引きこもって横になる。

14時から別のホームヘルパーが来て、入浴を行う。着替えた後は、ヘルパーと私に関する話をする。15時になり、洗濯物を取り込むという、いつもの行動。それが済むと、冷蔵庫にあったりんごやみかんを食べながら、再びヘルパーと私の話をする。

ホームヘルパーが16時に帰った後、18時に夕飯を食べ、その後はぼんやりとテレビを観ている。食後の薬を服用したにもかかわらず、母に「薬をくれ」とねだる。

やがて自室に戻って眠りについたかと思うと、ごそごそと起き出して冷蔵庫を開け、トマトをかじり出す。

一方の母は、1日中、父の様子を見守っている日もあれば、ホームヘルパーが来ている間、近所の喫茶店に友人と出かけたり、スイミングスクールに通ったりした。また、ヘルパーにいつもより長時間滞在してもらい、私の住む滋賀県や隣の京都府に観光に出かけたりすることもあった。

前頭側頭型認知症の人でも関心が向くと聞いた私は、父にパズルをするように仕向けてみたこともあった。私の写真を使ったオーダーメイドのジグソーパズルをプレゼントしてみたものの、父はまったく見向きもしなかった。他に、ホームヘルパーが五目並べ、百人一首などを勧めてみたが、どれも興味をひくことはなかった。馴染みのないことを新たにさせようとしても、どうもダメらしい。

父は、とにかく時計を見て、決まった時間に洗濯物を取り込んだ。しかし、天気の悪い冬の日などは乾いていないこともある。父にとって、洗濯物が乾いているか乾いていないかは関係なかった。行う意味がわからなくなっていたのだろう。私たちは父に「ありがとう」と言って洗濯物を受け取った後、再びそれを干し直した……。

ホームヘルパーは、役割分担をしつつ上手に介護をしてくれた。入浴は母だけでは難しかったが、男性ヘルパーはそれが得意で、うまく父を誘ってくれた。母が「気持ちがよかったでしょう？」と聞くと、父は「うん」とうなずいた。

父の話相手にふさわしい相性のよい女性ヘルパーもいた。父は、「あのねぇ、子どもがねぇ、京都にいてねぇ……」「兄が教師で……」などと、一方的に訥々（とつとつ）としゃべる。ヘルパーは、それをがまん強く聞いてくれた。

父とホームヘルパーとの間に信頼関係ができあがってくると、今度はヘルパーのほうに父が関心をもつようになった。「あなたねぇ、どこから来たの？　今日も車で来ましたか？」ヘルパーが「そうですよ」と答えると、「ご苦労様ですね」と返した。きちんと会話が成り立っているのだ。病院で嫌々受けていた長谷川式認知症スケールに対する応答とは違う。

ホームヘルパーの介護記録にはこう記されていた。
《お話も今までは一方的だったが、少しこちらの話も聞いてくださるようになった。たまにお話しながら笑顔になってくださるのがうれしい。》
前頭側頭型認知症の特徴の一つとして、感情が平板化し、喜怒哀楽の表出が乏しくなるというものがある。しかし、父の場合にはホームヘルパーなど多くの人の支えのお陰で、感情がしっかりと残っていたように思う。
父の毎日はわりと穏やかであったことは、母の日記からわかる。
《今日は本当に落ち着いている。毎日こうならと思う。本を出してきたり、にこにこと笑顔で子どもの話とか、「京都のねぇ」とか。一方通行だが、落ち着いて話ができる。》
ホームヘルパーの介護記録にも、次のように記されている。
《居間にて笑顔でいろいろとお話をしてくださいます。》
《訪問時から穏やかなお顔で話されて昔の話をされたり、今日見える方のお話をされたりしてよく笑顔で話されました。》
《にこにこしながらお話してくださいました。》

《食事をとてもおいしいと笑顔で喜んで食べられました。》

父はこうした日々に満足していたようだった。父はヘルパーに向かって、こう言った。

「お前さん、ものすごくやってくれるから、おれ、うれしい」

笑顔の父

過食・異食

認知症の人の過食・異食は、特徴的な行動の一つである。父もよく食べた。母が「もうこれでおしまい」と食べるのを制止しても、それを跳ねのけて食べ続ける。そして、さらにねだる。「ご飯をください」と。

父は、かつて49歳のときに心筋梗塞の手術を受けた。それまでは暴飲暴食、酒・タバコも人並み以上だったのが、それ以降は不摂生をピタッと止めた。塩分控えめ、糖質・脂質を抑えた健康食主体の生活。健康のために1日1万歩を目指して1時間程度散歩することを日課とした。そのような摂生を20年も続けたのである。

父はこのストレスから解放されたくて、認知症になったとさえ思うのは間違いだろうか。それならば、今こそ、父の食べたいように食べさせてあげてもよいのではないか。

母は、父の健康に気遣い、寒天や干し芋を常備し、父が食べ物を欲するときにはそれらを食べさせるようにした。ところが、父の食欲はとめどもなかった。生ゴミとして捨てたりんごの芯やバナナ・みかん・キウイフルーツの皮をかじったり、袋をやぶって小麦粉をそのまま口にすることもあった。「情けない……」母は、散乱する小麦粉を掃除しながら、そう言った。

父は、ブリザーブドフラワー、食洗スポンジ、ぬいぐるみなども食べようとした。それに対し、ホームヘルパーは異物以外のものに注意を向けさせ、食べ物を食べるように上手に誘導してくれた。

小麦粉を袋ごとかじる

身辺整理

「あなたにねぇ、これあげる」

父は、机の引き出しから手帳やノートを取り出してきては、私や母に渡してくることがあった。

これに対し、母はこうつぶやいた。

「終わりが近づいてきたのを感じて、身の回りの整理を始めたんだろうか」

父が自分の認知機能の衰えをどのように認識していたのかはわからない。病気の進行を意識して、まだ自分の頭がしっかりしているうちに、妻や子どもに伝えるべきことを伝えておきたいと思ったのだろうか。父はその後、6年以上も生きた。

元来、父は読書好きで、良本を通じて私を教育しようとすることが多かった。いつのことだったか、あるとき、父からノートを手渡された。そこには、父が読書で感じたことや気になった言葉が書きためられていた。

飯田史彦氏の著書『生きがいの創造』『生きがいのマネジメント』『生きがいの本質』

からは、次の記述が抜粋されていた。

・あなたの身近な人を憎みながら人生を送るのは、自分自身を憎みながら人生を送るのと同じことなんですよ。

・価値のない人など存在しない。すべての人は、それぞれの貴重な価値を持って生きている。

・人間は誰もが価値を持って生まれてくる。

父の読書ノート

・人はかけがえのない存在になるべく生まれてくる。
・愛する決心をすると損得勘定から解放されて、自分がいちばん楽になる。
・まわりの人々に大いに感謝しながら死んでいくということは、私たちが自分に与えた、人生最後の試験問題であることは間違いありません。

これらの言葉が、父の生きる指針であり、私に伝えたかったことなのだろう。
また、父は日記をつけていた。この日記には、父の予定はあまり書かれていない。母の行動や、私とのやり取り、親戚との電話、実母や親戚を病院に見舞いに行ったこと、墓参りに行ったことなどが書かれていた。さらに、私の妻のことも書かれていたのだ。

その意味で、日記は、父の人間関係そのものといえる。ストーカー疑惑の原因が、私の結婚にあると最初に推測したのは誤りであったことがわかった。父は、誰よりも家族のことを一番に考える、深い愛情の持ち主だったのだ。

進行

平成24（2012）年、前頭側頭型認知症との診断から1年半が経過していた。この頃になると、父は、それまでできていたことが少しずつできなくなっていた。たとえば、着替えでは、服のどこに頭や腕を通したらよいのかがわからない。首回りの穴から頭と片腕をいっぺんに出して、遠山の金さんのような格好になることもあった。だんだんと服を着るのが億劫になったのか、全身裸で風呂敷をかぶっているだけのときもあった。

字も書けないようになってきた。ホームヘルパーの介護記録にはサインが求められる。最初は自発的に自分の名前を書くことができたが、やがて、ホームヘルパーによる見本の字を真似て書くようになった。そのうち、「浅井」の「浅」の字を書くことができなくなった。「井」も「共」と書き間違えた。最後はサイン自体を拒むようになった。

私が電話をしても、電話に出てくれないようにもなった。ストーカー事件のとき

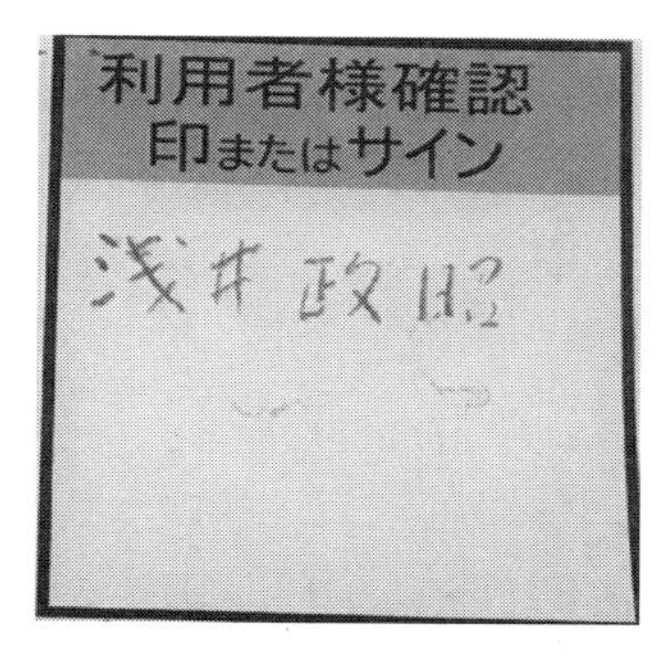
利用者様確認
印またはサイン

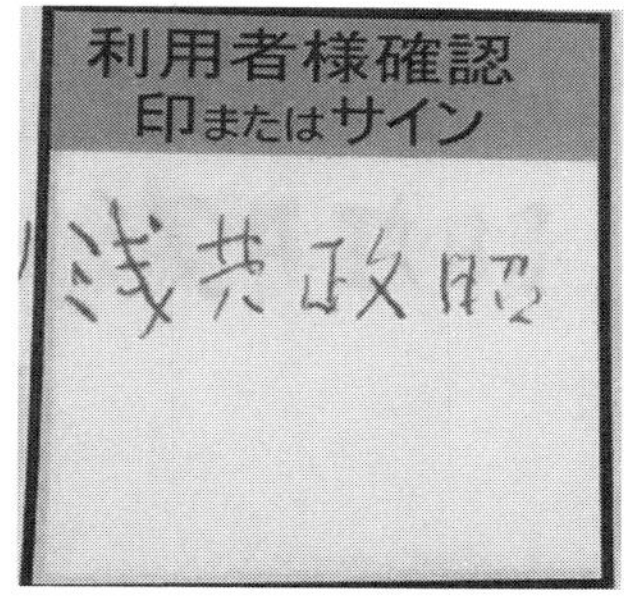
利用者様確認
印またはサイン

父による書字。上は認知症初期のもの、下は進行してからのもの

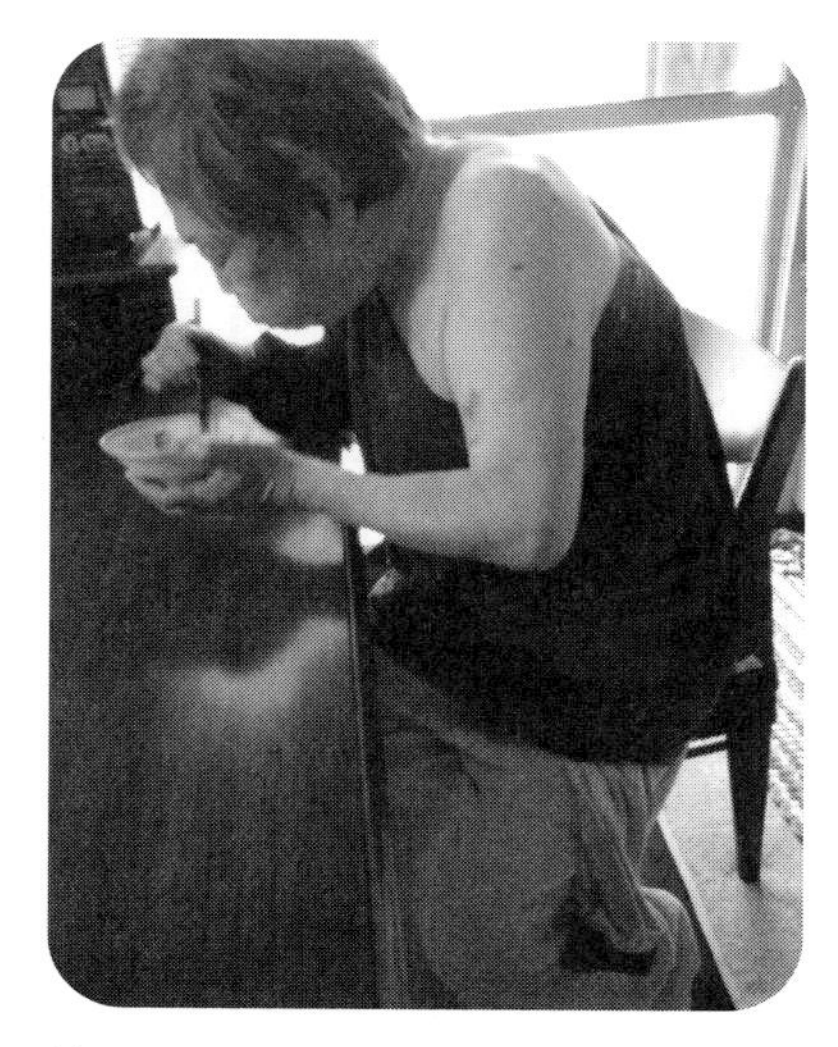
箸は上手に使えるが、服を着るのが苦手

には、事務所にまで電話をかけてきて私と話したがっていたのに……。

そして、人の容貌を認識することができなくなった。「かあさぁん、かあさぁん」父が呼ぶ。しかし、その相手は母ではなく、女性ホームヘルパー。母は食事を作ると外出し、食事の介助をヘルパーにお願いすることもあった。そのため、ヘルパーを母だと思っていたのかもしれない。

「お菓子食べて下さいよ」父はそう言って、義弟あるいは客人として、私をもてなした。私を指差して「あの人は誰ですか？」と、ヘルパーに尋ねることもあった。私はたまに様子を見にやって来るだけなのだから、それも当然なのかもしれない。それでもやはり寂しい。

母は、認知症診断当初、私が父に対して心の準備と覚悟ができていると評していた。しかし、それは違う。認知症になった父よりも、介護をする母に気を遣うように割り切っていただけだ。

父が亡くなった今、思う。認知症になっても、それがどんなに進行しても、父が生きているという、ただそれだけでありがたかった。

父の様子を見るために実家に泊まったある日の朝。「お父さん、おはよう」これに対する父のひと言は「ありがとう」だった。？？？　いうまでもなく、朝の挨拶として「ありがとう」は適切ではない。それでも、父から「ありがとう」という返事を聞いて、私は爽やかな気持ちになった。「ありがとう」は、人間関係を円滑にする魔法の言葉だからだ。

「ありがとう」の素晴らしさを感じたのは、介護のプロであるホームヘルパーも同じだった。ある日のヘルパーの介護記録の一節にはこうあった。

《サインを勧めたが、横になりダメでした。残念でした。でも、ありがとうねって。ちょっと、ちょっと、ありがとうっていい言葉ですね。》

《おとうさん「ありがとう」と言ったら、ポロリと涙出しました。》

一般に、認知症になっても、長い人生を通じて保持されている記憶や知能は残りやすいといわれる。また、むきだしのままの性格が現れるともいう。

思い返すと、若い頃の父が他人のことを悪く言ったり、口汚く罵ったりする場面を私は見たことがない。父はこれまでの人生で「ありがとう」を実践し続けてきたのだろう。父にとって「ありがとう」が当たり前の言葉として染みついていたからこそ、認知症が進行しても「ありがとう」と言えたのだと思う。

私も「ありがとう」のひと言を心がけているつもりだが、なかなか難しい。認知症になった父が、心の声で「ありがとうを大事にしなさいよ」と私に教え諭してくれたのだと思う。

小澤勲氏の『痴呆を生きるということ』(岩波新書)には、「《聖なるもの》としか言いようのない《なにか》に出会う」という表現がある。私は、認知症になっても「ありがとう」を言い続ける父に出会うことができた。本当にありがたいことである。

第3章 変調

嘔吐

平成25（2013）年5月15日から、在宅診療を行う医師に往診に来てもらうようになった。医師は私と同年で、母も親近感を持っていた。

5月25日、母から緊急のメールが送られてきた。

《今のところは大丈夫だと思いますが、お父さんが木曜日の夜に一睡もせず起きていて、金曜日の朝昼といつもどおりに食事をしてから吐き始め、金曜日の昼から土曜日の昼頃までもどし、今は落ち着いて眠っています。在宅診療を今月からお願いしていてもう少し様子を見ましょうとのことですが、一応知らせておきますね。》

母は私にはできる限り心配をさせないように、少し軽い表現で父の様子を伝えているが、真実はそうではなかった。母の日記にはこう記されていた。父に何が起きているのかよくわからない中、その不安さが見てとれる。

《**5**月**25**日（土）……昨日の夜から調子が悪そう。朝はまだ落ち着いていたが、時々吐き気を催している。午後からはずっと吐いていた。**17**時**25**分、また目を覚まし、ひくひくし始めるが、すぐ止まる。アイスクリームを少々食べるがすぐもどす。おしっこに行くが出ない。茶色っぽい物をもどす。2回ほど。》
《5月25日（日）……8時20分、もどす。どうしてもかわいそうで、在宅診療医師に電話する。8時30分、3回もどす。9時、在宅診療の先生に来ていただく。エコーで見てもらったが、内臓は何も悪くないと。血液を採ってもらい、月曜の朝には結果が出ると。おしっこを採った直後、すごい吐き気、もどす。19時、先生も来てくださり、点滴をしてもらう。明日悪ければ、病院へ救急車で行ったほうがよいと。腸閉塞の疑いありと。23時30分、主人ますますえらそう（「えらい」は名古屋弁で「辛い」「しんどい」の意味）なので、私決断。救急車をお願いし、病院へ。》
病院で診察を受けた結果、父は腸閉塞だった。
ホームヘルパーによる以前の介護記録を見てみると、腹部に関する記述が見られるが、どこからが病気の前兆だったのかはわからない。私たちも、嘔吐という症状が現れるまで父の異変に気づくことができなかった。ただ、父は自分の異変についてメッセージを発していたのだと思う。

私は、入院となった父を見舞った。父はまだ意識が戻っていなかった。このとき、父は腸の内容物を抜き取る管を装着されていて、それを無意識に外すことのないよう、手足はベッドに縛り付けられていた。

母が、意識の戻らない父に話しかける。「お父さん、ゆう君が来たよ」あのときと同じだった。

遡ること、平成16（２００４）年12月。最初の心筋梗塞の手術から13年が経過し、父の血管は既にボロボロで、バイパス手術をしなければならない状態だった。体を開いてみると心臓肥大が思っていた以上にひどく、手術は難航し、当初予定の倍の12時間にも及んだ。この後、ＩＣＵで父は管を体に刺され、手足をベッドに縛り付けられた。このとき私は25歳。四肢拘束された父の姿があまりに衝撃的で、私は一気に血の気が引き、その場にヘナヘナと座り込んでしまったことを強烈に覚えている。

このときも母は、父を励ますために「お父さん、ゆう君が来たよ」と話しかけていた。あれから９年……。私が父の拘束姿を見てへたり込むことはなかったが、自分には何もすることができず、医師に任せるしかないもどかしさを感じた。

その後、父の容態は順調に回復した。再度見舞いをしたときには、車いすで病室の外に出かけることもできた。医師によると、心臓は何の心配もいらないとのことで、6月17日には退院することとなった。

暴力

退院前から心配していたことが一つあった。父に粗暴性がみられるようになったことである。母は、入院中から父に手を上げられていた。

《6月11日（火）……　いろんな人に手を出すので、主人を見ていないと。腕をつかんでいたら、2回ほっぺを叩かれた。主人と一緒になってから初めて叩かれた。これから家に帰って手をあげるようになったら？》

《6月16日（日）……　明日は退院。家では落ち着いてくれるか？　心配。》

父の暴力が退院後も自宅で起こったら……。心配は現実のものとなった。

「うわぁぁぁぁ」

父は風呂場で奇声を張り上げ、母を叩いた。

母の日記には退院後1週間の様子がこう記されている。

《6月17日(月)……13時20分、すごい声を張り上げる(聞いたことがないくらい)。14時、ケアマネージャーさんが来てくださる。病院にいたときの反動で仕方がないと。他の病院へお願いしたいが、家で静かに過ごすほうがよいと。何かあれば、在宅診療の先生にお願いすればと。9時30分、私、両頬殴られる。20時、乱暴になる。今晩が怖い。ますます凶暴に見えてきた。20時45分、大声を張り上げ、机の上に乗って新聞を見てる。23時50分、奇声をあげる。》

《6月18日(火)……12時、目から頭にかけてお父さんを優しくなでていたら手が出た。油断をしていると手が出る。12時15分、すごくイラついている。ボールペン、歯ブラシなどで机を叩く。》

《6月20日(木)……7時20分、主人の部屋に洗濯物を見に行ったら、頭を殴られた。13時~15時30分、兄、妹さん、見える。玄関で主人が大声でしゃべっていたら、びっ

くりされる。あまりの変わりように驚いて帰られる。凶暴化してきた。》
《6月23日（日）……6時30分、お風呂場に行くと、シャワーの水道の出る管がへし曲げられていた。どんな力なのか？　8時50分、奇声をあげる。これもイライラ、ストレスになっているのか？　病院から退院して1週間飲まず食わずなのに、声だけはすごい力で叫ぶ。こんな力はどこにあるのか？　12時40分、大声をあげる。13時30分、お風呂の中で大声を出している。今日は何回奇声をあげるのだろうか？》
そして、母は父の暴力に対して気持ちをこう吐露している。
《私が今までしてきた仕返しか？》
《強情なので本当に腹立たしい。私のほうがイライラが募ってきた。本当に腹をくくってかからないと頭が変になりそう。》
《これからが本人との戦いです。負けてはおれません。》
《けんか腰になってしまう。》
《殺してやりたいほど腹が立つ。》
《私も我慢の限界です。》

《今朝は堪忍袋が切れてしまい、どれだけ主人を叩いたか。》

ご飯や飲み物をこぼして、机やキッチンがぐちゃぐちゃになる。排尿・排便に失敗して、床に汚物が散らかる。後片付けをするのは介護者。疲れてぐっすり眠りたいが、本人は昼寝をしているから夜寝てくれない。24時間365日、心の休まるときがない。理不尽の連続だ。母の日記に書かれていることは、私の子育てとまったく同じである。子育てをするようになった今の自分と重ね合わせると、このときの母のたいへんさがあらためてよくわかる。

父に仕返しをしたという話を聞いても、私は「暴力はいけない」などと母に正論をもって注意することはなかった。苛立つのも当然だ。私は、小旅行に誘うなどして母の気分転換を図るようにした。

認知症の周辺症状として、イライラし、暴言・暴力などの攻撃的な行動に出ると説明されることがある。しかし、私は、父のそれが認知症特有の行動だとは思わない。病院で身体を拘束されたストレスに対する反動ではないかと推測する。

思い返せば、父が初めて拘束された平成16（2004）年のバイパス手術後もそうだった。父は意識を回復した後、横柄な態度で「病院に火をつける」などと言い出した。看護師からは「暴れん坊将軍」とあだ名をつけられた。「手術のときに輸血を受けて、お父さんの性格まで変わってしまったんだろうか」母と私はそのように話していた。

後で父とよくよく話をしてみると、父は手術前から10日間、ICUにいたときまでの記憶がすっぽり抜け落ちていた。そして、意識が戻ったときにベッドに拘束されていたことに不満をもっていたらしい。

母がSOSの電話をかけてきた後の6月22日、ようやく私は実家に戻って、父の様子を見ることができた。

父は自室でゴロンと横になっていた。私は父の傍で佇んでいた。すると、前触れもなく突然、父からパチンと手足を叩かれた。私の記憶の中でも、これまで父から怒られることはあっても叩かれることはなかった。優しい父であった。叩かれた痛みよりも心が痛かった。私は声を絞り出すようにして、父に語りかけた。

「今までよく頑張ったよね。辛かったよね。お疲れ様」

他に言葉をかけることができなかった。それは、父のこれまでの人生を労うようでいて、「さようなら」を意味していたのかもしれない。

母が希望する限り、在宅介護ができるのならそうしてもよいと私は思っていた。しかし、いざ父と母が衝突するような事態になった場合には、父よりも母の身の安全を優先すると最初から決めていた。

報道では、介護疲れから介護従事者が認知症の家族を殺してしまった事件をよく見かける。私も仕事で介護殺人事案を見てきた。私が担当したものでは、認知症の人が突然襲いかかり、介護従事者が抵抗して相手を突き飛ばしたところ、打ち所が悪く、転倒し、認知症の人が亡くなってしまったというものだ。そのような結末を父と母には迎えてほしくなかった。

私は母にそっと伝えた。

「もうお父さんのことは病院にお願いしよう」

母も決断した。

入院

こうして、平成25（2013）年6月24日、父は精神病院に入院することとなった。前頭側頭型認知症と診断されてから約2年半が経っていた。この後、父は平成30（2018）年12月に亡くなるまでの約5年半を精神病院で過ごした。

父は全部で3つの病院にお世話になった。最初は約600床の精神病院。ケアマネージャーに紹介してもらった、とてもきれいな病院である。車いすで外に出かけて、桜などを見られたらいいのに……。病室の窓から外を眺めては、そう話していたことを覚えている。

しかし、この病院にいられたのは半年に過ぎなかった。翌年2月14日には、向かいにある200床弱の介護療養型医療施設（介護医療院）に移った。朝からしんしんと雪の降る日だった。父はストレッチャーに乗せられてこの病院へ運ばれた。

ここで約3年半を過ごした後、平成29（2017）年7月1日、今度は移転のため、同法人が経営する病院に変わった。結果として、父は、平成30年12月15日に亡くなるまでの約1年半を過ごすことになった。

もっとも長く過ごした2番目の病院のことはよく覚えている。父のいるフロアのエレベーターを降りると、すぐにオートロックのドアがある。ドアの向こうには談話室。そこには、車いすに乗せられた入所者が常時5~10名程度いた。しかし、そこに父はいない。父はほとんどベッドで寝たきりの状態だったからだ。

廊下を通って父の病室まで行く。4人部屋だ。「おーい」と大声で看護師を呼ぶ入所者がいる中で、父の声はしない。父は、ほぼ口をきくことがなくなってしまったのだ。

母は、病院に対して、もう少し父のことを構ってくれてもよかったのにと思ったようだ。父にリハビリをしてくれたのはただ一人。父をベッドサイドに座らせてくれた理学療法士である。けれども、彼が父の担当をしてくれたのはわずかな期間であった。

こうして3つの病院を経験してみると、父が生活動作を行えるかどうかは、職員に大きく左右された。また、職員が継続的・長期的に父に関与してくれるかどうかによって、リハビリへの取り組みが変わった。どの病院においても、専門技術を備えたケアがなされ、職員が定着することを願う。

ここで、介護にまつわる経済的負担について書いておく。介護に関わる家族にとって、施設にかかる費用など、金銭的問題を無視することはできない。

父の場合、約５年半の入院費用の総額は約８４０万円（月平均13万円）。これに２年半の在宅介護の支出総額約１６０万円（月平均５万円）を合わせると、総額約１０００万円になる。

これらの費用を捻出するために、父の年金と預貯金を取り崩すとともに、私からの仕送りで何とかやり繰りをしていた。父が亡くなったときに通帳を確認すると、ほとんど残高はなくなっていた。

仕事上、成年後見業務を担っているので知っているが、グループホームなどの介護施設では月平均約20万円を要する。年金受給額が少ない場合には、生活保護を受給しながら特別養護老人ホームに入所している人もいる。多くの人は、施設費用を支払うために預貯金を取り崩さざるをえない。介護に備えるならば、誰もが一定の経済的蓄えをしておかなければならないと思う。

父が精神病院に入院した平成25（２０１３）年当時に話を戻すと、父は入院後、しばらくは面会謝絶となった。面会許可がおりたのは1ヶ月半後で、その間の母の心情の揺れ動きが日記からみてとれる。

《6月24日（月）……13時、在宅診療の先生から連絡があり、病院に入院できることになり、ヘルパーさん、介護タクシー、弟にお願いし、タクシーに乗せるのがたいへんだったが、何とか病院に着き、入院させていただく。18時、ちょっとホッとした反面、寂しさもあり、複雑な心境。今晩は眠れるだろうか？》

《6月30日（日）……ちょうど1週間。どうしているのだろう？　おとなしく落ち着いているのだろうか？》

《7月23日（火）……今日でちょうど1ヶ月。病院からはまだ何の説明もない。元気で過ごしているのだろうか？　みなさんに迷惑をおかけしていないか？　眠っているのか？　静かに過ごしているのだろうか？》

《7月26日（金）……主人の様子はまだわからない。》

《8月10日（土）……まだ先生から面会のお許しが出ない。たぶんベッドだろうが、元気にはしているのだろう。1日でも長く、迷惑をおかけしないように、生活ができ

ればと思います。》

《8月12日（月）……看護師さんより主人の様子を聞く。食事はなかなか食べないので、点滴で補っていると。車いすに乗せてもらい、今日はお風呂に入り、そこから自分の部屋まで歩いてきたとのこと。面会は可能かと聞くと、いいですよと言われ、14時半頃からタクシーで出かけ、30分くらいお父さんと会ってくる。ベッドに寝ていたが、目を開けてくれ、話はできないが、わかってくれただろうか？》

在宅介護をしていた当初、母は父の昼夜逆転現象に悩んでいた。そのため、父と寝室を別にし、自ら睡眠薬を服用して、できる限り睡眠をとれるようにしていた。父が腸閉塞による入院から自宅に帰ってきたときも、夜中、奇声を発するため、母は睡眠を妨げられていた。

それでは、父が精神病院に入院してから母はよく眠れるようになったのだろうか。

今度は、父がいない寂しさから眠れなくなることを、母は不安に思った。

在宅介護をしていたとき、母の日記にはこんなことが記されていた。

《私がどこにも行かないことがわかり、少し落ち着きだした。ぐっすり寝ている。私がいることは安心なのか？　私のほうがイライラが募ってきた。ちっともじっとしていない。本当に腹をくくってかからないと、頭が変になりそう。ちょっと怒ったら静かになった。かわいそうだったかも。「私と息子のおかげで元気でいられる」とうれしい言葉ですが、わかっているのでしょうか？》

長年夫婦として連れ添い、自宅で介護をしたいけれども、もはやこれ以上は継続できず、精神病院への入院を決断した母。父を入院させると、今度は父がいなくなった寂しさに思い惑う。アンビバレントな（相反する）心理構造である。けれども、このような割り切ることのできない感情こそ人間であるような気がした。

第4章
小康

リハビリ

ベッドサイドには、お守りや匂い袋が吊されていた。

母は、精神病院に入院した父をほぼ毎日見舞った。父を精神病院に入れるのを決断したことのせめてもの罪滅ぼしだったのかもしれない。看護師からは、「(母が来ると)ご主人の目の輝きが全然違う」と励まされた。

父と昭和44(1969)年11月3日に結婚式をあげた母は、令和元(2019)年の同日に金婚式を迎えられることを夢見ていた。

母は、見舞いに行くと、父の腕や背中をさするようにした。そうすると、父は気持ちよさそうに恍惚の表情をしていた。また、父は「すごいねぇ。すごいねぇ」と母に感謝した。

ユマニチュードというケア技法によれば、広い面積で、ゆっくりと、優しく触れることがコツのようだ。ただ、母によるそれは、テクニックだけによるものではない。長年連れ添った夫婦にしかわからない気持ちの通じ合いとでもいうのだろうか。

入院当初、父はゆっくりした口調ではあるが、「あなたがねぇ」「二人がねぇ」などと話すことができていた。管を外さないようにするために手にかぶせられたミトンが嫌なようで、「取ってください」などとも言っていた。

在宅介護のときには音楽鑑賞の趣味は消え失せてしまったと思っていたが、父はその心をなくしてはいなかった。母は、かつて父が録音したカセットテープを机の引き出しから探し出してきた。「♪タララッタラッ　♪タララッタラッ　♪タララッタララ　♪ラーラー」ウォークマンのイヤホンから漏れてくるのは、ロッシーニ作曲の「ウィリアム・テル序曲」。

父は、体の右側を下にして横向きになり、折り曲げた右腕を枕代わりに頭の下に敷いて、「ウィリアム・テル序曲」を聴いた。あぁ、昔もこんな格好で音楽を聴いていたなぁ。元気だった頃の父を彷彿とさせる姿だった。

そして、父は目をつむり、泣くような表情で、「うぉぉぉん、ぉん、ぉん」と声を発した。父は感動して泣いたのだ。音楽に対して感動するという感情はそのまま残っていた。

私も、父がベートーヴェンの交響曲第９番「歓喜の歌」が好きだったことを思い出し、この曲をＢＧＭに父の写真が流れるオリジナルムービー（ＤＶＤ）を作成し、プレゼントした。しかし、これでは音楽を聴けばよいのか、写真を観ればよいのかわからない。前頭側頭型認知症の父には情報量が多すぎたのかもしれない。結局父は、このプレゼントには見向きもしなかった。

入院生活が長期化していく中で、父は寝たきり状態となった。言葉もほとんど発し

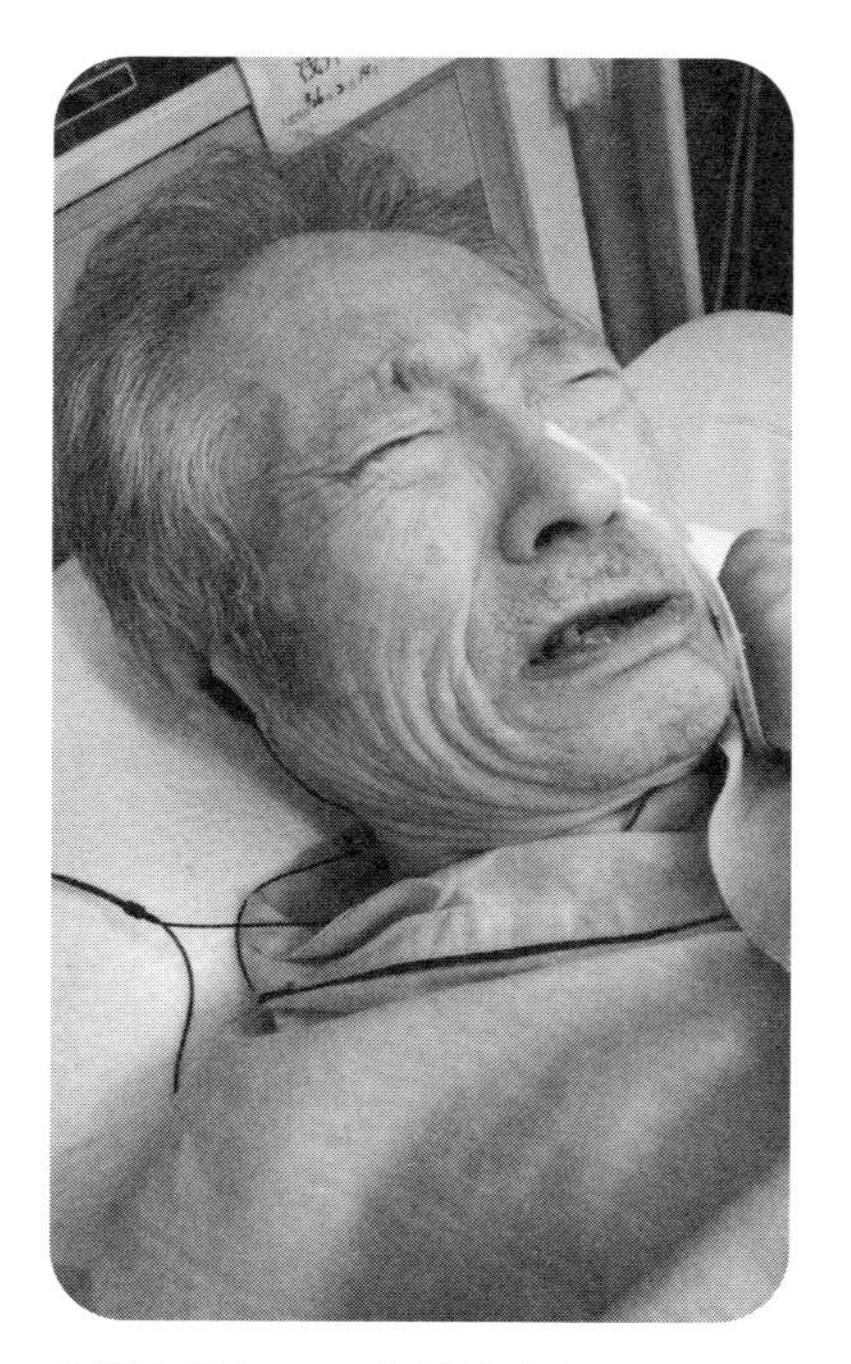

音楽を聴いて、突然泣き出す

ない。食事は経口摂取ができず、管で栄養を送り込まれるものの、どんどん痩せていった。私は、病院という場所が、父をますます病人らしく振る舞うようにさせているのではないかと思った。

入院してから約3年半が経過した平成29（2017）年1月24日。母から写真付きのメールが舞い込んできた。

《こんにちは。見てくださいね。お父さんがベッドに座っています。感激ですよ。リ

ベッドサイドに座り、リハビリ中

ハビリの先生に座らせてもらっています。》

母からのメールはいつも緊急事態を伝えてくることが多かっただけに、これには驚いた。3年半もの間、寝たきりだった父が、不可逆的に悪化していくのではなく、再びチャレンジしている姿を見て、私は感動した。思わず涙が出た。

母の日記からもその喜びようが伝わってくる。

《私が病室に行くとリハビリの先生にリハビリしてもらっていたが、びっくり。主人をベッドから起こして座らせてもらい、足を床につけて気持ちがよいかと聞いている。5分くらい座らせてもらったと思う。そして、にこっと笑う瞬間があった。感激して帰った。》

父の見舞いには、父の姉兄妹や母の弟も訪れるようになった。

父は6人兄弟の3人目として生まれたが、子どものできなかった実父の妹夫婦に養子に出されることが約束されていた。血のつながった兄弟はいるのに、幼少期に養子に出された父は一人っ子も同然だった。兄弟と別れて独りぼっちになり、寂しがっていたと聞く。

父の生家はペンキ店を営み、父の弟がそれを継いでいた。私が小学生だった頃までは、ここに親族一同がよく集まっていたが、平成16（２００４）年にその弟が亡くなると、父の兄弟姉妹が集うことは久しく絶えてしまった。

それが今度は、認知症になった父がかすがいになり、父のもとに姉兄妹が集まってくるようになった。姉兄妹は父を見舞いがてら、皆で食事をするのが常となった。

叔母は、「政昭さん（父の名）のおかげで、みんなで集まって懐かしい昔の話をすることができるようになったのよ」と言った。父も、姉兄妹に囲まれていたことを喜んでいたことだろう。

このように父の周りに人の輪が絶えなかったのは、父が「ありがとう」の人だったからではないかと思う。誰だって辛い出来事、嫌な出来事の一つや二つはある。そんなときは、愚痴でも言いたくなるだろう。しかし、父は決して相手を不快にさせることなく、いつも「ありがとう」「すみません」「すごいね」と言い続けた。

孫

父は、私が結婚するときに交わした約束を守った。「孫の顔を見るまで元気に過ごす」である。

平成28（２０１６）年11月３日、私に第一子の娘が誕生した。このとき、私は37歳。私が生まれたときの父と母の年齢も37歳。さらに、父と母の結婚記念日は11月３日。出産に立ち会った私は、わが子が生まれ出てきた瞬間、父の生き写しかと思った。何か不思議なる奇縁を感じた。

平成29（２０１７）年７月15日、その娘の顔を父にようやく見せることができた。生後８ヶ月で、まだハイハイはできないが、ずり這いであちこち動き回り、お座りの姿勢も安定するようになってきた。おしゃべりはまだできず、喃語を発する程度である。

私は、娘を父のベッドに座らせた。娘はにっこりしながら、父に触れようと手を伸ばす。父も娘のほうへ顔と目を動かした。すると、父が声を発した。何年ぶりかに父の声を聞いた。涙で私の頬が濡れた。

次に娘を連れて行ったのは、平成30（２０１８）年1月13日だった。娘は1歳２ヶ月になっていた。私は、前回同様、感動の対面になることを期待していた。ところが、娘は父を見るなり、大泣きしてしまった。周囲の状況を認識する能力がつき、違和感をもったのだろう。

でもね……。わが娘よ……。あなたのおじいちゃんはとても偉大なんだよ。あなたのおじいちゃんは「ありがとう」を言い続けた人なんだよ。あなたも「ありがとう」を大切にし、「ありがとう」が言える人になろうね。私は心の中でそうつぶやくのが精一杯だった。

平成30（２０１８）年8月25日、三度目の対面。このときも残念ながら、私の子どもの反応は同じだった。しかし、このときは父が違った。「うぇぇん、うぇぇん」父は目を閉じ、嗚咽にも似た声を何度も発しながら泣き出したのだ。

娘は、私の幼少期にそっくりになっていた。目鼻立ちも似ているが、髪型が同じであることも大きいように思う。娘を見て泣く父を前に、私は父が私のことを忘れてはいなかったのだと思った。認知症が進行して私を認識できなくなると考えたのは誤りだった。

父の時計の針は、私の幼少期で止まっているのかもしれない。今、娘が私として、父の目の前にいる。父にとって、子育てをしていたときの記憶、感情が呼び覚まされたのだと思う。

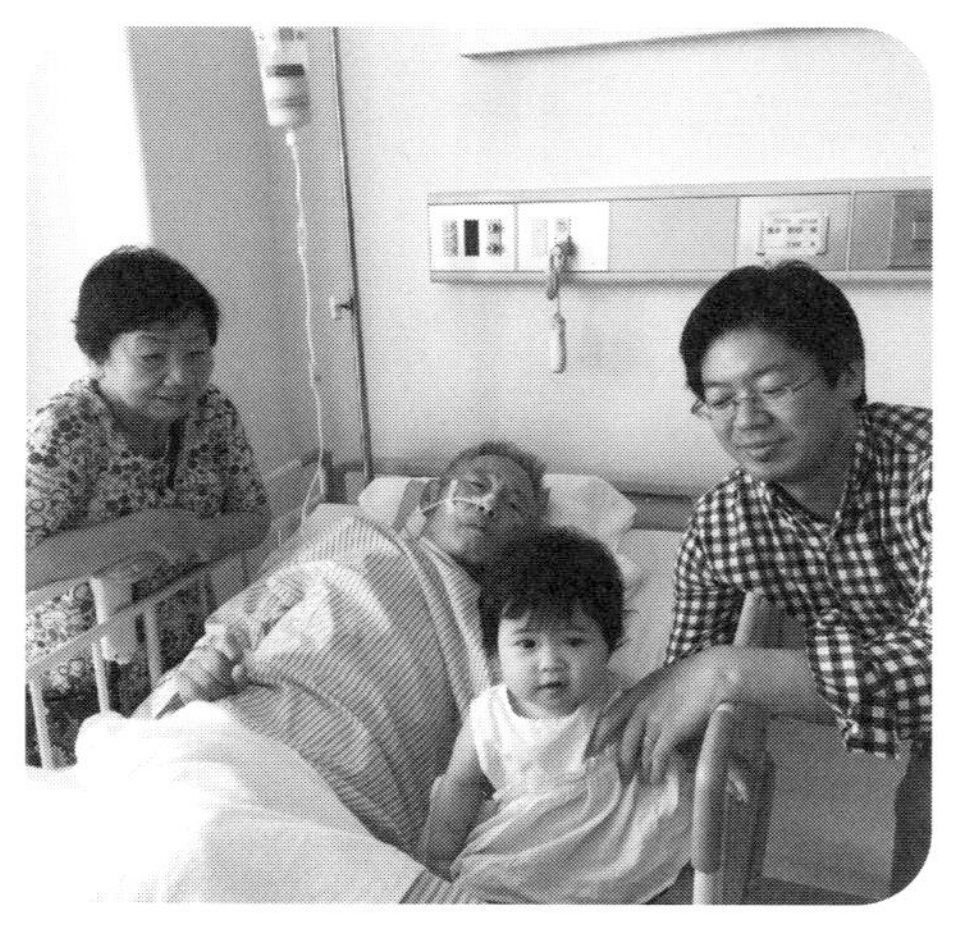

孫と一緒に

第5章
最期

ラストスパート

父の最後の闘いは、平成30年（２０１８）年9月から始まった。しかし、父は決して孤独だったわけではない。母と私を伴走者とし、多くの方々に支えられながら走り抜いた。

その頃の母の日記には、その過程が克明に記録されている。

《9月20日（木）……体温37・7度。高め。》

《9月24日（月）……先生が見えて、昨日、今日は体温は正常、一昨日は高かったと。だんだん抵抗力がなくなるからという話をしてくださる。喉がゴーゴーと言って、ちょっとえらそう。》

《10月3日（水）……喉がゼイゼイ言っている。喘息だろうか？》

《10月10日（水）……口で息をするのに唾を飛ばして呼吸をしている。》

《10月13日（土）……体温36・7度、いっぺんに下がる。先週までは体調が悪かったもどしたりがあったみたい。最近は落ち着いてきたとのこと。》

《10月24日（水）……少しえらそうに呼吸をしている。》
《10月26日（金）……呼吸をするのに口呼吸でえらそう。》
《11月6日（火）……息が苦しそう。》
《11月10日（土）……体温37・9度。呼吸がえらそうに。顔がいつもと違って見える。》
《11月12日（月）……また嘔吐した。体温は38・7度。呼吸はえらそう。レントゲンを撮ってもらうと、肺が白くなっているので肺炎になったと院長先生がおっしゃった。痰を取ってもらう。苦しそう。》

11月12日の午後、母から「お父さんが少し調子が悪く、肺炎になってしまいました」という緊急のメールが送られてきた。

父は、認知症と診断されて既に8年近くを経過していた。医学書によると、前頭側頭型認知症の平均的な生存期間は診断から6〜8年といわれている。一般に末期は寝たきり状態になるが、肺炎を伴うと、約半数が半年以内に亡くなるとされる。高齢者にとって肺炎は危険な病気だ。

私は仕事の予定を変更して、すぐさま父のもとへ駆けつけた。病室に着くと、父は点滴を受けるとともに、痰の吸引がなされていた。時折痰がからみ、息苦しそうにしていた。父は私の姿を必死に目で追いかけた。

しばらく苦しそうで、眠ることすらままならない状態だったが、私が到着して一時間もすると、少し状態が落ち着き、うとうととまどろむようになった。顔色は悪くなかった。私は、父の容態がすぐにどうこうなることはないと判断し、滋賀県へ戻った。

11月16日には、熱が37度台にまで下がり、10日後には肺がきれいになったので点滴も終了したということだった。

しかし、ほっとしたのも束の間。29日には再び状態が悪くなり、効き目の強い点滴に変えたと、母から聞いた。

母に電話をかけると、電話口で父が「あぁぁぁぁ、ゔぅぅぅぅ」とうめき声をあげていた。これまでに聞いたことのない声で、明らかに様子が違っていた。予断の許さない一進一退の状態の中、私は金婚式を夢見る母を勇気づけたいと思った。そのため、肺炎を伴う認知症末期の余命に関する情報は伏せて、父が再び腸閉塞になったのではないかなどと、差し障りのないことを言った。

しかしこのとき、母は父の最期について覚悟をしていたようである。
《11月13日（火）……体温38・9度。えらそう。》
《11月14日（水）……まだ喉には痰がたまっていた。顔が赤く震えている。》
《11月15日（木）……体温38・4度。高い。》
《11月16日（金）……少し楽そう。落ち着いている。喉も苦しくない呼吸をしている。》
《11月17日（土）……時々苦しいのか呼吸が荒くなる。》
《11月24日（土）……ちょっとえらそう。》
《11月26日（月）……まだ呼吸がえらそうだなと思っていたんですが、院長先生に呼ばれレントゲンを見せてもらうと、だんだんよくなってきているとのこと。肺がきれいになった。点滴も今日でやめると。》
《11月28日（水）……ゼーゼーと鼻から口からと呼吸をしている。えらそうだ。》
《11月29日（木）……食事をもどしてしまう。》
《11月30日（金）……顔は本当に病人の顔をしている。》
《12月3日（月）……喉がゼーゼー言ってるので呼吸がえらそう。熱がとれない。ゼー

ゼーが大きくなったり小さくなったり。》
《12月4日（火）……体温38・4度。高い。先生に呼ばれ、レントゲンを見に。前より肺炎が悪くなっていると。熱を下げる薬はないかと聞くと、肺炎がよくなれば自然に下がると。》
《12月5日（水）……体温38・4度。ゼーゼーとまだえらそう。》
《12月7日（金）……手を震わせて硬直状態。すごい力で震えている。》
《12月8日（土）……まだ少しゼーゼー。》
《12月10日（月）……呼吸がえらそう。ちょっとえらそう。目を開けるが、呼吸が速い。》
《12月12日（水）……呼吸がえらそう。熱は上がったまま。》
《12月13日（木）……体温38・6度。高い。病室に入ると呼吸している声が聞こえる。速い。えらそう。呼吸がゼーゼーと。まだ生きてほしいが、かわいそう。痰がからみ、看護師さんに取ってもらうが、まだえらそう。》

危篤

とうとうこの日が来てしまった。平成30（2018）年12月14日。午前中、私は滋賀県長浜市で裁判があった。裁判を終え、依頼者の車で彦根駅に向かって琵琶湖岸を走っていた。そのとき、依頼者が「あれ、蜃気楼じゃないですか」と話しかけてきた。

私にはどれを指しているのかわからなかった。正面には琵琶湖、その対岸には雪をかぶった比良山系。山々の手前、琵琶湖の上に黒い線が横にすぅっと入り、所々に滲んだような縦線のような点々が見えた。私は最初、桟橋か何かかと思った。でも、桟橋にしては大きすぎる。そして、琵琶湖を東西に結ぶ橋は、琵琶湖南部に近江大橋と琵琶湖大橋の二つしかない。北部には東西を結ぶような橋など存在しない。

確かに蜃気楼だった。蜃気楼といえば富山湾と思い込んでおり、まさか琵琶湖で見るなどとは思ってもみなかった。そこに見たのは、下位蜃気楼という種類のものだと後で知った。

13時30分、母から父が危篤とのメールが送られてきた。

《先生からお話があり、昨日からあまりにも呼吸が荒くなり、たぶん命がもたないとおっしゃいました。もう一度レントゲンを撮るとは言われましたが、覚悟をと言われました。来れる人があったらとおっしゃいました。》

予定変更のきかない仕事が残っていた私は、すぐに名古屋へ移動することができなかった。何とかして父の様子を知りたいと思い、母に電話をかけ、テレビ電話を使うことはできないかと言った。しかし、母には断られた。よほど状態が悪いのだろうか。父の酸素マスク姿が衝撃的なのか。さまざまな思いが心を駆け巡った。

仕事を済ませてようやく滋賀県を発つことができたのが17時。父の状態が悪化していたら……。仕事を切り上げてすぐに駆けつければよかったと後悔することになるのだろうか。生きていてくれ……。

「はぁ、はぁ、はぁ、はぁ」

京都駅で、在来線から新幹線へ乗り換える。私が走ってみたところで早く名古屋に到着できるわけでもない。それでも走らずにはいられなかった。

病院に到着することができたのが19時。間に合った。私は安堵した。しかし、父の呼吸は荒く、呼吸をするたびに痰が喉にからみ、ゴロゴロ、ゼーゼーと音を鳴らしていた。

「ハァ、ハァ」

もはやいつもの呼吸ではなく、酸素マスクの中の口は開けっ放し。犬のように舌を出した状態で、必死に息をしていた。父の辛そうな表情に、何とかしてあげたくても何もできない歯がゆさ。

20時頃。私は娘に電話をかけた。電話のスピーカー機能を、娘の声が病院にいる皆に聞こえるように設定した。娘の声が聞こえた。

「じいちゃん、がんばれ」

それを聞いた私は、胸にジーンとこみ上げてくるものがあった。娘の励ましの言葉どおり、父は必死に頑張っていた。汗まみれで、まさに最後の力を振り絞って命の炎を燃やしていた。

「じいちゃん、頑張ってるよ」

私は、娘にそう伝えて電話を切った。

21時頃。父は痰を吸引してもらい、仰向けの姿勢から、体の左側を下にして横向きになった。すると、それまで息をするだけで辛そうにしていたのに、不思議と呼吸が楽になったようにみえた。脈拍こそ速いものの、血圧はまだ落ち着いていた。

私は、今度だって乗り越えてくれるのではないかと期待を抱いた。直ちに容態が急変するような状況でもないと考えた私たちは、家族室に控えて一晩を過ごすこととなった。

家族室での夜は、ほとんど眠ることができなかった。他の入院患者が「おーぃ、おーぃ」と誰かを呼んでいる。何を言っているのかはわからないが、叫び声がひっきりなしに聞こえてくるのだ。ここにいる誰もが、誰かとつながりたがっている。誰かと話したがっている。何がしかの寂しさをそれぞれが抱えている。そのように思えた。

私は父の在宅介護の頃を思い出した。父が、夜中にゴソゴソと起き出して、母の寝室の襖をドンドンと叩いていたときのことを。

翌日午前6時、父の様子が気になり、病室をのぞいてみた。呼吸状態は昨晩と同じょうで、まだ大丈夫だとほっとした。

呼吸停止

午前8時頃、叔母から電話があり、11時頃に見舞いに行くとのことだった。私は、父の呼吸はまだしっかりしていると伝えた。

ところが、9時半頃。父を仰向けに寝かせると、再び呼吸が苦しそうになった。ゴロゴロ、ゼーゼー。痰なのか唾なのか、口から泡を出すようにもなった。ティッシュで拭いても、次から次へと泡が出てくる。やがて、父は白目をむいた。

10時。まさに私の目の前で父の呼吸が止まるのが見えた。それまで開いた口から舌の動くのが見えていたのに、完全に舌の動きが止まり、胸の上下動もやんだ。母が慌てて看護師を呼びに行く。駆けつけてきた看護師が心臓マッサージを行い、呼びかけた。

「浅井さぁーん、もう少し頑張れるかなぁー？」

母は看護師に、父の兄妹が来る11時まで何とかもたないかと尋ねた。

「あと1時間は難しいですね。心臓はまだ動いているんですけどね」

心臓マッサージを開始してからものの5分で、心電図の反応はみられなくなった。看護師が心臓マッサージの手を止めた。最期は非常にあっけない幕切れだった。10時35分。医師が、呼吸停止・心拍停止・瞳孔反射の消失を確認し、死亡を宣告した。父、満76歳。直接の死因は肺炎だった。

11時になると、父の兄と妹2人がやって来た。叔母は、父の顔を見るなり、「優しい顔をしてるね」と言った。確かに、昨日は苦しそうな形相だったのに、今は穏やかな表情になっている。私はこれを父の意思によるものだと思った。

父の人生は病いとの闘いだった。盲腸、白内障、心筋梗塞、前頭側頭型認知症、腸閉塞……。そのたびに入院し、手術を受け、リハビリをしてきた。父は、泥臭くても、一生懸命頑張ることの大切さを常に教えてくれた人だった。最期も、必死に生へのこだわりを見せてくれた。

「来てくれてありがとう。遠くからすまないね。みんなが来てくれて、おれ、うれしいもぉん」そう話す父の声を耳にしたような気がした。また、私には、「ぼくぅ、頑張れよぉ。ぼくが頑張ってるところ見るの、おれ、楽しみだもぉん」と語りかけてくれたような気がした。

納棺

父の遺体は午後になって自宅に帰ってきた。入院して以来、5年ぶりである。

その晩は、川の字になって寝た。3人で枕を並べるのも、京都の私の下宿に父母が泊まりに来たとき以来、約20年ぶりだ。

そのとき、肝がつぶれるような出来事があった。母が私に、「あんたのお母さん」と言いながら、仏間に飾られている父の養母の遺影を指さしたのだ。

「ちょっと待って。お母さんはあんたじゃん」

「何言ってるの？　あんたのお母さんは、あの人でしょう」

やはり、母は父の養母の遺影を指さす。えっ？　母まで混乱したのか？

「もう一度確認するよ。僕は誰？」

「あんたは勇希だがね」

よかった。そこは間違ってなかった。

「僕のお母さんはあなたでしょう」

「そうだねぇ」

いささか誘導かもしれないが、私はほっとして、大きなため息をついた。

「お母さんまでボケたかと思ったよ。お父さんの介護が終わったと思ったらすぐにお母さんの介護になるのは嫌だよ」

「嫌でもあんたに介護してもらわんといかんがねぇ」

おっしゃるとおり。私は思わず唸ってしまった。一人っ子なのだから、これから母を見るのは私しかいない。

遺影にまつわる母の発言は、一過性の混乱だったのか、その後、このようなことが生じることはなかった。

父の横で、私は眠ることができなかった。これまでのさまざまな思い出が駆け巡る。父が私のことを「ぼく、ぼく」と呼ぶ声、祖母が父のことを「まーちゃん、まーちゃん」と呼ぶ声が聞こえてくる。

私はお父さんっ子だった。よく父の好きなラーメン屋に行っては、こだわりの食べ方を聞いた。お風呂もよく一緒に入った。寝るときには日本昔話を読んでもらった。大きな父の腹を枕代わりにすることもあった。父にくっついていたかったのだ。

思春期になると、些細なことで父に反抗した。とっておいた饅頭1個を父に食べられたことで大げんかした。祖父母にと買ったお土産を父が勝手に口にしたことに「何てデリカシーのない人だ」と父をなじった。実家を離れた後は、ろくろく電話もしないのに、「便りがないのは無事な証拠」などと、生意気な口をきいた。

それでも、誰よりも私の大学合格や司法試験合格を喜んでくれたのは父だった。父との思い出をかみしめながら、私は布団の中で声を押し殺して泣いた。

16日に通夜、その翌日には告別式を執り行った。納棺前に湯灌をしてもらう父の姿にまた涙が止まらなかった。

入院中の父はほとんど風呂に入れず、清拭をしてもらう程度だった。今はきれいに体を洗ってもらっている。髪を洗い、ドライヤーをかけ、在りし日の父の髪型に似せてセットもしてもらった。そして、祖母がくれた着物を着た。

長い闘病生活で頬がこけ、少し別人のようでもあった。それでも、閉じられた切れ長の眼は祖母にそっくりで、この眼が浅井家の特徴と思わせるものだった。親戚の者は、「きれいな顔してるね。男前だね。まるで歌舞伎役者みたい」と言った。

父の最期を覚悟しはじめてから、看取った私はどのように感じるのだろうかということが気になっていた。渡辺和子氏の「愛と祈りで子どもは育つ」（ＰＨＰ文庫）には、マザー・テレサとのやり取りに関する一節がある。

《「人間、生きることも大切ですが、死ぬことも大切です。それも良く死ぬことは一番大切です」とおっしゃった後、マザーは感にたえたように「It is so beautiful」（それは美しい情景です）と表現なさいました。「きれいな光景」（pretty）ではありません。骨と皮の病人、老人の姿、蝿が飛び交い、異臭が漂う「死を待つ人の家」は決してき

れいではありません。しかし、そこで人間としての尊厳の中に安らかに生を終えようとする人々の姿は美しいものなのです。》

死化粧をし、歌舞伎役者にも見えた父の容姿が、渡辺氏が言うところの「きれい」(pretty)を意味するということは私にもわかる。けれども、父の最期が美しい情景だったのかに対する答えは見つかっていない。

ありがとう

父の最終学歴は高卒。希望の大学を受験するも合格できず、仕事を始めてからも役員になるほどに出世したわけでもない。むしろ心筋梗塞などで体を壊したため、やりたくてもできなかったことが多かったのではないかと思う。西洋進歩主義思想的な意味において、父が他人よりも傑出していたということはない。しかし、「ありがとう」の人であった父は、人として秀でていたのだと思う。

父には「釋政秀（しゃくせいしゅう）」という法名がつけられた。これは父の優しさを表しているという。ご導師様は、父の姿をきちんと見てくれていたのだ。私はこの法名を聞いてうれしく思った。

「秀」の語源を調べてみた。垂れた稲穂から花が咲いている形を表しているのだそうだ。私は「実るほど頭を垂れる稲穂かな」という諺を思い浮かべた。「ありがとう」と頭を下げていた父にぴったりの言葉だ。

稲が実る順序としては、「秀」の次が「穆（ぼく）」である。「穆」は、稲が実り、穂が垂れ、今まさに実がはじけようとしている形を表す。父が「秀」ならば、遺された私が「穆」にならなければならない。「ありがとう」と頭を垂れる「穆」として。

私は、父から教えを受けた「ありがとう」をきちんと子どもに伝え、子どもが「ありがとう」の人になれるように育てていかなければならないと思う。

1歳8ヶ月を過ぎた娘は、だいぶ言葉を話すようになった。「あぁとぅ」(ありがとう)と言って、ちょこんと頭を下げる。最近は、「あぃあとぉございまぁす」と言うようにまでなった。父の想いは、確かに子どもにまで伝わっている。これからも私たちは、父とともに歩き続けていかなければならない。

最後に、これまで懸命に頑張ってきた尊敬すべき父に、あのとき言うことができなかった大切な言葉を贈りたい。

「お父さん、ありがとう」

本書に寄せて

宮永和夫［精神科医／南魚沼市病院事業管理者］

周知のとおり、認知症にはさまざまなタイプがありますが、その筆頭がアルツハイマー型認知症です。その他に、レビー小体型認知症や血管性認知症などが知られています。

前頭側頭型認知症というのは、英語ではFrontotemporal dementiaとよばれ、しばしばＦＴＤと略して表記されます。この前頭側頭型認知症は、前頭側頭葉変性症（Frontotemporal lobar degeneration）の一種として類型されるものです。

前頭側頭葉変性症は、21歳といった若年期に発症する例も報告されていますが、多くは45～64歳の初老期にみられる病気です。この年齢層における前頭側頭葉変性症の頻度は10万人あたり20～25人とされています。なお、米国の前頭側頭葉変性症の患者数は、初老期で1万２０００～1万８０００人、全年齢層では２～３万人存在するといわれています。

次頁の図のとおり、前頭側頭葉変性症は「前頭葉の萎縮優位型」と「側頭葉の萎縮優位型」に大きく分けられます。さらに前者は2つに分けられ、後者は3つに分類されます。臨床における各タイプの割合について正確な数値の報告はありませんが、前頭側頭型認知症が60％弱、運動ニューロンを伴う前頭側頭型認知症が10％、進行性非流暢性失語（しんこうせいひりゅうちょうせいしつご）が20～25％、語義失語または意味性認知症が15％強とされています。

ピック病というのは前頭側頭型認知症の中に含まれますが、この頻度は10～30％とされ、日本におけるピック病の患者数は10万人あたり2～8人程度と推計できます。

さて、本書は、前頭側頭型認知症になったお父様の経過と、それに伴う介護について時系列的にまとめられたものです。前頭側頭型認知症の介護体験記は少ないため、貴重であるといえます。

本書の特徴は、執筆されたのが弁護士の息子さんということもあり、発症から最期まで詳細に記されていることです。そのタッチは、いい意味であまり感情的になるこ

前頭側頭葉変性症の類型と頻度

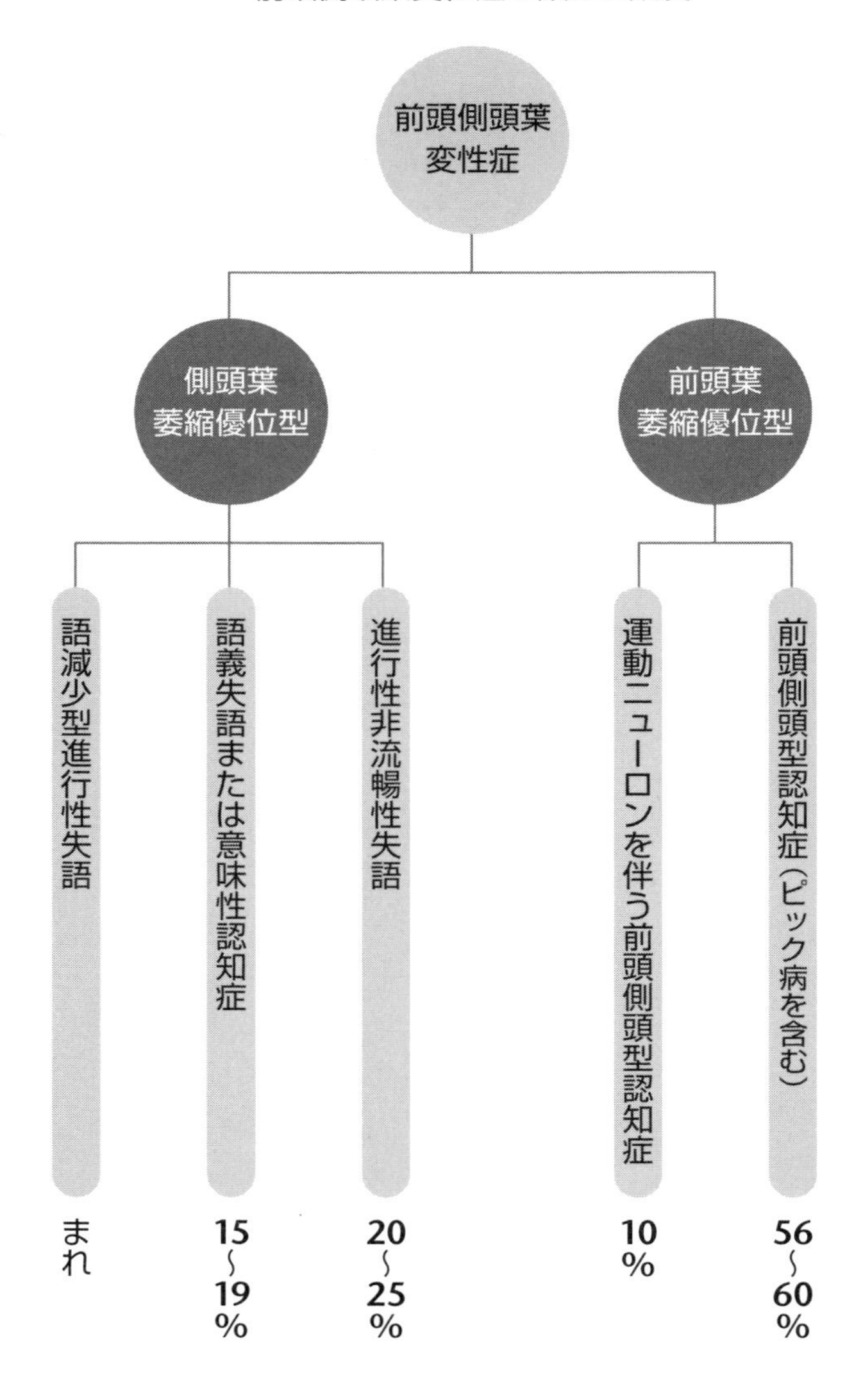

［出典］Johnson JKら（2005）他の報告をもとに筆者作成

となく、客観的に描かれています。前頭側頭型認知症に関する症状などの記載や捉え方が的確であるため、家族介護者だけでなく、介護や看護に携わる専門職にも十分参考になる一冊だと思います。

一方、お母様の関わりや介護に伴う負担、そのときの感情などは、日記を通じてよく伝わってきます。一般に、最期まで懸命に寄り添った介護者は、看取った後、バーンアウト（燃え尽き症候群）などの心理に陥りやすくなります。お母様の今後が平安であることを願うばかりです。

ところで、認知症とそれらに関する本について、ここで日本の状況を少し振り返ってみたいと思います。

認知症に関する本は、40年ほど前までは医学書ばかりで、その内容というのは、医師が症状と診断だけを解説したものでした。そこには、家族も登場しませんし、本人の日常や社会生活などもまったく記されていませんでした。

それが、15年ほど前に大きな転換点がありました。２００4年に京都で国際アルツハイマー協会の国際会議が開催され、そこで越智俊二さん（福岡県）が登壇し、認知症の当事者としてカミングアウトしたのです。そこには、既に当事者として手記を出版していたクリスティン・ブライデンさん（オーストラリア）も参加していました。この出来事と相まって、認知症の家族による介護体験記も立て続けに出版されるようになっていきました。

昨今、認知症の人が暮らす老人ホームや在宅の環境は大きく進歩していますが、かつて認知症の人というのは、精神病院の中で精神障害の人とともにひっそりと存在していました。そこでは、認知症に対する専門知識をもたない医師・看護師に治療や看護を受けざるをえませんでした。ただ、これは精神病院が悪いというより、他に受け入れる専門の医療機関や施設がなかったからです。

こうした背景を経て、現在、認知症に対する介護や関わり方は、本人を中心に据えた「パーソンセンタードケア」が主流となっています。それは、本人の気持ちをきちんと知り、愛情をもって寄り添うという哲学に基づいています。本書においても、介護にあたってはそれが貫かれています。

これまで認知症に対する制度設計や社会作りというのは、一部の専門家や専門職によって行われてきました。しかしながら今やそれは、認知症の人や家族の意見・希望抜きに実現できません。認知症施策推進大綱抜粋や認知症基本法案には、それが如実に現れています。認知症のイメージは病気から障害に変わるとともに、認知症の人は支えられ介護される立場から、共生社会の一員へと変化しています。

こうした潮流をさらに推し進め、その中身を十分に埋めていくものは、やはり認知症の当事者の主張であったり、家族の希望・願いなのだろうと思います。その意味で、このたび出版された「言葉を忘れた父の『ありがとう』」は、その一助として、認知症ならびに認知症の人の理解にとどまらず、「支え合う社会」の成長を後押しする力となることでしょう。多くの方に本書が届くことを願ってやみません。

おわりに

本書を手にとり、最後まで読んでいただいた読者の皆さまとのご縁に感謝する。

また、本書を著すにあたり、株式会社harunosoraの尾崎純郎氏をはじめ、多くの方のご協力をいただくことができた。ここに記して感謝申し上げる次第である。

原稿を最後まで書き進めたところで、今さらながらに思い出したエピソードがある。それは、私が小学校4年生のときのこと。

父から「何か目立つことをしなさい」と言われ、私は生徒会長選挙に立候補した。結果は落選。選挙の結果を父に報告すると、今度は「選挙協力してくれたことへの感謝を級友に伝えるように」と、父は私に教えてくれた。私はお礼の作文をし、ホームルームの時間にそれを朗読した。

今振り返ると、このときの父の指導の根幹は、自分が目立つことにあるのではなく、周りの人への感謝の気持ちをもち、その気持ちを素直に他者に伝えるということ

にあったのだと思う。何か物事をなすにあたって、周囲の協力は不可欠なのだから。

このエピソードを思い出すことができたのも、父が認知症になったからかもしれない。認知症になっても、父の心の声は届いていた。認知症になった父とのその「会話」を楽しいと思うこともできた。何より、「ありがとう」という大事な教えを受けることができた。

本書を締めくくるにあたり、最後に一つの告白をしたい。

私が本書を書こうと思う動機づけとなり、また、実際に書き上げることができた理由は、今から5年前に適応障害であると診断され、現在も通院・服薬治療をしているということだ。現在も病状を完全に克服したとはいえず、適応障害だと診断される自分自身の弱さを認めざるを得ない。

しかし、適応障害になったからこそ見えてくるものもあった。父の弱さ、他方で父の強さ。そして、父の人としての素晴らしさ。

父と私たちの歩みが、読者の皆さまの参考になるところが少しでもあれば幸いである。

皆様の笑顔を願い、筆を置く。

令和元（2019）年12月15日

浅井勇希

PROFILE

浅井勇希

Asai Yuki

昭和54（1979）年6月9日生まれ。
愛知県名古屋市出身。
平成18（2006）年に司法試験に合格し、
翌年より勤務弁護士として執務開始。
平成25（2013）年4月1日に独立し、
滋賀県草津市にて草津ゆうひ法律事務所を開所。
平成23（2011）年、父が前頭側頭型認知症と診断され、
平成30（2018）年までの8年間、
職場のある滋賀県と父が暮らす愛知県を往復し、
父の介護に関わる生活を送る。

言葉を忘れた父の「ありがとう」
前頭側頭型認知症と浅井家の8年

2020年1月30日　第1刷発行

著
浅井勇希
発行所
株式会社harunosora
神奈川県川崎市多摩区宿河原6-19-26-405
TEL044-934-3281●FAX044-330-1744
kabu.harunosora@gmail.com
http://kabu-harunosora.jimdo.com
印刷・製本
モリモト印刷株式会社
装丁・本文デザイン
尾崎純郎

ISBN978-4-9907364-8-4 C3036
定価はカバーに表示してあります。